大家小书

《水浒传》与中国社会

萨孟武 著

北京出版集团公司
北京出版社

著作权合同登记号　图字：01-2011-8171

图书在版编目（CIP）数据

《水浒传》与中国社会 / 萨孟武著． — 北京 ：北京出版社，2016. 7（2024. 8重印）
（大家小书）
ISBN 978-7-200-12049-3

Ⅰ. ①水… Ⅱ. ①萨… Ⅲ. ①《水浒》研究 Ⅳ. ①I207.412

中国版本图书馆CIP数据核字（2016）第065336号

总策划：安　东　高立志　　责任编辑：司徒剑萍

· 大家小书 ·

《水浒传》与中国社会
《SHUIHU ZHUAN》YU ZHONGGUO SHEHUI
萨孟武　著
*
北京出版集团公司
北京出版社　出版
（北京北三环中路6号　邮政编码：100120）
网　址：www.bph.com.cn
北京出版集团公司总发行
新华书店经销
北京华联印刷有限公司印刷
*
880毫米×1230毫米　32开本　6.875印张　116千字
2016年7月第1版　2024年8月第7次印刷
ISBN 978-7-200-12049-3
定价：56.00元
质量监督电话：010-58572393

序　言

袁行霈

“大家小书”，是一个很俏皮的名称。此所谓“大家”，包括两方面的含义：一、书的作者是大家；二、书是写给大家看的，是大家的读物。所谓“小书”者，只是就其篇幅而言，篇幅显得小一些罢了。若论学术性则不但不轻，有些倒是相当重。其实，篇幅大小也是相对的，一部书十万字，在今天的印刷条件下，似乎算小书，若在老子、孔子的时代，又何尝就小呢?

编辑这套丛书，有一个用意就是节省读者的时间，让读者在较短的时间内获得较多的知识。在信息爆炸的时代，人们要学的东西太多了。补习，遂成为经常的需要。如果不善于补习，东抓一把，西抓一把，今天补这，明天补那，效果未必很好。如果把读书当成吃补药，还会失去读书时应有的那份从容和快乐。这套丛书每本的篇幅都小，读者即使细细地阅读慢慢地体味，也花不了多少时间，可以充分享受读书的乐趣。如果把它们当成补药来吃也行，剂量小，吃起来方便，消化起来也容易。

我们还有一个用意，就是想做一点文化积累的工作。把那些经过时间考验的、读者认同的著作，搜集到一起印刷出版，使之不至于泯没。有些书曾经畅销一时，但现在已经不容易得到；有些书当时或许没有引起很多人注意，但时间证明它们价值不菲。这两类书都需要挖掘出来，让它们重现光芒。科技类的图书偏重实用，一过时就不会有太多读者了，除了研究科技史的人还要用到之外。人文科学则不然，有许多书是常读常新的。然而，这套丛书也不都是旧书的重版，我们也想请一些著名的学者新写一些学术性和普及性兼备的小书，以满足读者日益增长的需求。

“大家小书”的开本不大，读者可以揣进衣兜里，随时随地掏出来读上几页。在路边等人的时候，在排队买戏票的时候，在车上、在公园里，都可以读。这样的读者多了，会为社会增添一些文化的色彩和学习的气氛，岂不是一件好事吗？

“大家小书”出版在即，出版社同志命我撰序说明原委。既然这套丛书标示书之小，序言当然也应以短小为宜。该说的都说了，就此搁笔吧。

《〈水浒传〉与中国社会》读后感

白化文

我久闻萨孟武先生的大名，但是，他的著作，一本也没有读过。他的生平，我也很不门儿清。只知道他是教育界和文化界老名人罢了。这次，竟然由我承乏为此书写一篇新版前言，实在是不自量力，惶恐之极。皆因蒙北京出版社群公不弃，派我随衮衮诸公之后，当“大家小书”的一名编委。于是，责任编辑派点差使，自然得“勉为其难”啦！

先汇报查来的萨孟武先生生平及其著作资料的情况：

萨先生，出身福建福州名门，萨氏家族中排“本”字辈，那可是名人“辈”出的一辈。名本炎，字孟武，以字行。1897年（清光绪二十三年）生人。毕业于日本京都帝国大学（第二次世界大战日本战败后改称京都大学），学的是政治经济，兼通社会学，自称“我是学习社会科学尤其是公法学的”（《〈红楼梦〉与中国旧家庭》自序），获法学学士学位。那是20世纪20年代的事，当时日本大学中讲政治经济学的教授相当前卫，讲资本主义政治经济学的固然是主流，讲新兴的社会主义政治经济学的也不少。萨先生自然也就二者兼通了。他回国时，正值北伐时期。1927年，他担任陆军军官学校教官，兼编辑部主任。1930年前后，开始任中央政治学校大学部行政系教授兼系主任，同时任陆军大学、中央大学等校教授。他的主要著述多初版于20世纪30年代初期前后。我查到的有：《社会主义社会学》，波达诺夫著，原著为德文本，约自日文本转译；《法律与阶级斗争》，日本平野义太郎原著；《近世民主政治论》，日本森口繁治原著；《租税总论》，日本小川乡太郎原著；《马克思经济学说的发展》，日本河西太一郎等原著，与另两人合译；《马克思（主义）十二讲》，日本高畠素之原著，与另两人合译。

当时，中国留学生时常把听课所学所用的教科书、重要参考书在上课同时翻译出来，一则可供学习之用，翻译一遍等同复习几遍；二则回国后作为自己的教学底本；三则可出版得稿费。用此法者不止赴日学生，但赴日学生这样做的较多。从日文转译他国文字著作者也不少。梁启超先生早已道出其中奥秘，下走不赘述矣。

这一时期及此后，萨先生自己的著作也不少，查到的有：《新国家论》、《政治之基础知识》、《政治学概论》、《中国社会问题之社会学的研究》、《现代政治思潮》、《国际纷争与国际联盟》、《各国宪法及其政府》、《中国社会政治史》、《中国政治思想史》、《社会科学概论》、《三民主义政治学》、《韩非思想与西汉监察制度》、《孔子的法治思想》。

以上仅就查到者而言。我觉得，了解这些简目，或许对我们阅读此书能起点作用。这些都是萨先生"用世"的"正工"。

另外，我们知道，萨先生还有三本书：《〈西游记〉与中国政治》、《〈红楼梦〉与中国旧家庭》、《〈水浒传〉与中国社会》。此三书，据说至今在祖国内地以外行销数十年不衰。我这次看到内地近年重印的后两本书，其中一本还是此书的校样。惭愧得很，萨先生的其他著作，我均未寓目。萨先生的专业著作，我想我是看不懂的了。看过这两本通俗性游戏人间之作，倒可以来说说两点读后感。

一点是，萨先生真乃聪明人。我猜，他那时讲课，为提高学生的兴趣，一定经常举一些生动活泼的例证。几部中国古典小说名著中的人物、情节，自当在其首选之列。日积月累，集腋成裘，慢慢地自然形成自己的几部书稿。这点经验与做法，倒很可供当代新上讲台的教师参考呢！

另一点是，用小说中的人和事，来证成自己的学说观点，萨先生堪称中国现当代学术界的老前辈了。当代“戏说”、“闲看”之类的作品风起云涌，大有青出于蓝之势。但是，萨先生似乎把这些当成副产品，并不着意经营，而且，以说理即阐述自己那一套理论为主，引证小说只是印证。所以，往往说理较多，有时与例证呈半游离状态。例如，讲“水浒马军五虎将中，关胜为何处于林冲之前”，其实，这是明摆着的事：一则，那时崇奉关老爷已经深入人心，关公是蜀汉五虎将之首也是尽人皆知的事。关胜的长相和青龙刀又与祖先无别，当然得列于《水浒传》五虎将之首。林冲绰号“豹子头”，又手使丈八蛇矛，显然模拟“豹头环眼”的张飞，故而只能屈居第二。可惜，《水浒传》中找不出相当于赵云、马超、黄忠的人物来，也就搭配上与之不算一模一样的另外三位。赵云与花荣，射箭一样准确。但是，花荣未必顶得上赵云的神勇。此外两位，与马超、黄忠就毫无类似之处了。这些，都是几句话就能说清楚的。萨先生连篇累牍的表述，就只能侃侃而谈他的那套理论啦。这也是合乎他利用小说的初衷的。反观当代“水煮”、“戏说”诸名家，为了在知识爆炸时代给产品行销杀出一条血路，行文力求流利动人，理论与例证结合更加紧密，不谓之青出于蓝就对不住哥儿几个喽！好有一比，如汽车中的老爷车与21世纪新式跑车。那么，我这岂不是在贬低萨先生的著作吗？唯唯否否，不然。要知道，萨先生是把这一部分作品当成宣传自己的理论的副产品的，有时，两者之间调和略差，就先尽着宣传理论来。当代诸公，看来是把闲书当正事来对待，全力以赴，而且力争包装精美，调语亮丽，“任是无情也动人”，其致力之处与先辈有别。那么，岂不是说先辈不行吗？非也。一则，萨先生实在是这一行当中“导夫先路”者。二则，老爷车自有其风韵。君不见，当代老爷车拍卖价码比新车高得多吗？再说，老照片现在身价十倍，出版社出了专辑呢！建议读者至少以这种态度对待此书可也。

至于此书本身，您只要读下去，如人饮水，冷暖自知，无需我饶舌。只需提出一点以供参考。中国小说史研究权威程毅中学长提醒我说，必须看一看郑振铎先生在1936年1月14日为孔另境先生所编《中国小说史料》一书所写的序。找来看完，节引有关部分如下：

研究中国小说的方向，不外“史”的探讨与“内容”的考索。但在开始研究的时候，必须先打定了一种基础，那便是关于小说本身的种种版本的与故事的变迁。不明白这种版本的与故事的变迁，对于小说之“史”的及内容的探讨上是有多少的不方便与不正确的。记得有人论《水浒传》的社会，而所据的版本，却是金圣叹腰斩的七十回本……

郑先生举出的论《水浒传》用金圣叹的七十回本的例子，明显针对此书而言。萨先生在《红楼梦与中国旧家庭》一书的“自序”中也说：“研究社会科学的人，是将小说看做社会意识的表现。因之，研究方法与研究文学的绝不相同，不作无谓的考证，更不注意版本的异同。”不过，这种做法用来研究《水浒传》，特别是用七十回本来进行研究，得出的结论可就难免出问题了。试举二例：

水浒英雄的归宿问题，萨先生看出：或基本上原地不动，占山为王；或扩大地盘，割据一方，骎至取大宋而代之；或投降宋朝。并且代为筹划利弊。殊不知，若据一百二十回本，宋江早就率众投降啦！萨先生真乃事后张良，放的是“马后炮”也。

“燕青何以能列在三十六天罡星之内？”若据一百二十回本，宋江投降，到东京李师师处“入马”，非仗着燕青“打哄”不可。燕青虽不太赞成投降，执行上级意图却是坚决认真的，是洁身自好的，还借机为自己谋求退路。燕青在全书最后全身而退，挑着一担珠宝，“身边自有君王赦”，归隐去了。这样兼具高明与能干于一身者，列于三十六天罡之末，还是辱没了他呢！

总之，此书中的引证分析，读者自有鉴裁。不可忘记萨先生往往是在借题发挥，也就是了。萨先生提出若干问题，我们可以按当代人自己的见解，另行探索。有的问题，萨先生虽然提出，并未深入，稀里糊涂地就过去了。例如，“天书三卷”究竟是怎么回事，并未具体涉及，只是泛泛地说“用迷信结人心”。看来，萨先生对中国民间宗教不太熟悉，当然也不想就此进一步探讨啦。

抗战时期以迄到台湾后，萨先生回翔于政界与学界之间。据记载，1940年12月，他在重庆当选为第二届国民参政会参政员。1942年4月，任考试院法规委员会委员。7月，任第三届国民参政会参政员。1943年7月，任三民主义青年团第一届中央团部评议员。1945年4月，任第四届国民参政会参政员。1946年，任中山大学法学院政治系教授兼院长。1948年，任台湾大学法学院政治系教授兼院长。此后，曾任“立法院”立法委员，国民党中央评议委员等职。1984年4月13日逝世于台北，终年87岁。

我仅就所知，汇报至此。再度声明：是浅显的读后感，不敢说是前言，更非序言。即以序言而论，伟大的英国小说家狄更斯有言："序言，虽然有人不断地在写，却是很少有人去读。"（《匹克威克外传》自序）何况我这篇幼稚的塞责之作呢！希望读者略过我这点多余的话，直接阅读此书便了。

2004年12月6日，星期一，承泽园

目　录

001　/　自序
003　/　梁山泊的社会基础
016　/　“替天行道”的意义
028　/　杀猪的郑屠何以能在延安府称霸
036　/　由五台山文殊院说到佛教流行的原因
053　/　小霸王劫婚与中国社会之“性”的缺点
059　/　何以草料场的火烧不死林冲
065　/　十万贯生辰纲之社会学的意义
077　/　王伦何以不配做梁山泊领袖
085　/　由潘金莲与西门庆谈到古代的婚姻问题
090　/　快活林酒店的所有权问题
103　/　九天玄女与三卷天书的来源

134 / 由宋江的家族关系说明中国古代的政治
146 / 宋江得到天下之后李逵的命运如何
154 / 由祝家村与曾头市说到中国的军队与官僚
167 / 林冲的地位何以在关胜之下
176 / 吴用何以只能坐第三把交椅
185 / 燕青何以能列在三十六天罡星之内

自 序

本书在抗战以前出版，抗战以后，此书就不见了。我写此书，不是自动的，最初由王世颖先生之敦促，他接任《中央日报·副刊》主编之后，要我写点轻松文章，并且希望每星期至少要写一篇。副刊的性质与社论不同，不是“太太式”的，而是“姨太太式”的。如何写法呢？友人初次主编副刊，为了捧场，不便拒绝，而把宝贝时间拿去写杂文，只觉得光阴可惜。想了数天，才决定以《水浒传》为根据，说明中国社会。

第一篇刚刚写好，王世颖先生突然离开《中央日报》，到杭州大学去了。《中央周刊》主编刘光炎先生不知由哪里探得我有此种文章，即向我要求将文稿交《中央周刊》发表。刘光炎先生也是老朋友，我即将文章交他。第一篇发表之后，阅者甚感兴趣，刘光炎先生又要求我继续写下去，每月四周，本书共十七篇，大约是于四个月内写完。写到第十七章，我不想再写了。

来台之后，常常接到书店及素昧平生的人的电话，问我家里尚有此书否。甚至各地华侨也常常写信给我，问此书由哪个书店发售。我平生写了一篇文章，过了数月，即觉得不妥，甚至不愿再看，所以我在大陆时代的文章，是随写随弃的，本书也是一样。

数年来，三民书局刘振强先生很希望我将此书再版，我因为家里没有此书，而此书又须修改。最近刘先生借到此书，我于两个月内一篇一篇地细看，也一篇一篇地修改，或删去不要，或加料说明，所以本书可以说是一种新著，旧著保留者只有一半。

要研究中国社会，关于豪族、士人、农民、土地、户口、水旱、钱币、商业资本、官僚组织、军队制度等等，均须注意。本书乃借用《水浒传》的故事，用历史上的资料加以说明。当然，要研究中国社会，最好是参阅拙著之《中国社会政治史》四册。读者看了本书之后，若肯再看《中国社会政治史》，更可明了中国社会的情况。

1967年3月9日，萨孟武

梁山泊的社会基础

一　流氓集团

在中国历史上，有争夺帝位的野心者不外两种人，一是豪族，如杨坚、李世民等是。二是流氓，如刘邦、朱元璋等是。此盖豪族有所凭借，便于取得权力，流氓无所顾忌，勇于冒险。

豪族所凭借的是什么？吾国自古以农立国，土地是唯一的生产工具，也是唯一的权力基础。但是四民之中，农民最苦。吾国的遗产继承制，以诸子均分为主，纵是大农，一传再传之后，土地亦必细分，由大农变为小农，土地的生产已经不能维持一家的生活，而租税又以田赋为主，农民受了苛税的压迫，结果便如晁错所言：

春不得避风尘，夏不得避暑热，秋不得避阴雨，冬不得避寒冻，亡日休息……勤苦如此，倘复被水旱之灾……赋敛不时……当具有者半价而卖，亡者取倍称之息，于是有卖田宅、鬻子孙以偿债者矣。

宋时司马光亦说：

农民值丰岁，贱输其所收之粟以输官，比常岁之价或三分减二，于斗斛之数或十分加一，以求售于人。若值凶年，无谷可粜，吏责其钱（田赋）不已，欲卖田则家家卖田，欲卖屋则家家卖屋，欲卖牛则家家卖牛。无田可售，不免伐桑枣，撤屋材，卖其薪，或杀牛卖肉，得钱以输官。一年如此，明年将何以为生乎？

农民穷苦如是，豪族则乘农民的穷苦，兼并了许多土地。豪族多出身于官僚，依政治上的权力，以武断于乡曲。春秋时代已有“子驷为田洫，司氏、堵氏、侯氏、子师氏皆丧田焉，故五（？）族聚群不逞之人……以作乱……杀子驷（当国）、子国（司马）、子耳（司空），劫郑伯以如北宫”之事。降至秦代，商鞅变法，“除井田，民得卖买，富者田连阡陌，贫者无立锥之地”。汉兴，循而未改，虽然西汉初年曾徙郡国豪杰以实园陵，然而强宗大族的势力并不少衰，吾人观刺史以六条问事，其中一条乃察“强宗豪右，田宅逾制，以强凌弱，以众暴寡”；另一条又察“二千石阿附豪强，通行货赂，割损政令”，即可知之。然此压制未必就有效果，宣帝时代有“宁负二千石，无负豪大家”之言。到了东汉，“豪人之室，连栋数百，膏田满野，奴婢千群，徒附万计”。三国时代，北方则“大族田地有余，而小民无立锥之地”。南方豪族亦“势利倾于邦君，储积富乎公室……牛羊掩原隰，田池布千里”。此种兼并经南北朝而至隋唐，虽然北朝及隋唐均施行公田之制，然田之分配并不平均，而豪族且有封固山泽之事。唐自永徽以后，“豪富兼并，贫者失业”。降至宋代，即在梁山泊草寇尚未出现以前，“势官富姓占田无限，兼并冒伪，习以成俗，重禁莫能止焉”。而他们又无科输，国家复将他们所免缴的田赋分配给平民负担，故史云：“强宗巨室阡陌相望，而多无税之田，使下户为之破产。”这种豪族不必自己耕耘，可将土地借给佃农，按时收租，遨游都市，上结官府，下交游士。一旦天下有变，他们常筑坞堡以自卫。而有野心者则可率其部曲，做争夺帝位的豪举。

流氓呢？中国的流氓与罗马时代的贫民不同，罗马时代的贫民乃出身于公民阶级，他们有公权（选举权），他们可利用公权向国家及富豪勒索金钱，以维持自己的生活。他们在经济上虽然没有直接的贡献，而却有间接的作用。罗马是奴隶社会，一切生产事业均由奴隶担任，而奴隶则由战争的俘虏而来。所以罗马只有不断地打胜仗，不断地侵服邻国，不断地扩张领土，而后奴隶的来源才不会断绝。但是要向外国开战，须有军队，而组织军队的人则为公民。因此，他们虽然穷苦，而在政治上及社会上尚有相当的势力。中国的流氓既然没有公权，而在经济上又只有破坏的作用，没有建设的作用，何以他们也有势力？

中国的流氓又与现代的劳动阶级不同，现代的劳动阶级在许多国家虽然过着穷苦的生活，但是他们乃是生产要素之一，只要他们停止工作，社会的经济就发生恐慌。中国的流氓不曾劳动，也不想劳动，社会并不依靠他们而存在，他们却要依靠社会讨生活。他们完全是一种过剩人口，纵令他们全部灭亡，也不妨害社会的存在，反而他们的灭亡却可使社会的秩序因之安定。他们的地位既然如斯，何以他们竟有势力？

中国是农业国家，中国的农业甚见幼稚。技术的幼稚已可妨害生产力的发达，而过小地耕种又令技术不容易改良。其结果，农民当然没有储蓄，而致再生产只能在同一规模上，不断地反复着。然而地力是有限的，收获是递减的，年年在同一的土地，作同一的耕种，收获何能不年年减少。西汉在文帝时代，“百亩之收不过百石”。东汉时代生产力似已提高，“亩收三斛”。由三国而至晋代，一亩之收“或不足以偿种”。降至唐代，“一顷出米五十余斛”。到了宋代，太宗时，“亩约收三斛”，神宗时，“大约中岁亩一石”。然据吕惠卿之言，“田岁收来四五六斗”。生产力如斯低落，而又加之以水旱之灾、赋税之重，百姓遂“弃田流徙为闲民”。闲民增加，贫穷已经成为普遍的现象。

贫穷的普遍化就是暗示中国社会快要发生大乱了。王莽时代，“四方皆以饥寒穷愁，起为盗贼，稍稍群聚，常思岁熟，得归乡里，众虽数万，不敢略有城邑，转掠求食，自阕而已”。晋惠帝时代，“频岁大饥，百姓乃流移就谷”，“至于永嘉，丧乱弥甚，人多饥乏，更相鬻卖，奔迸流移，不可胜数”，终而引起流民作乱之事。隋炀帝时代，“百姓困穷，财力俱竭，安居则不胜冻馁，死期交急，剽掠则获得延生，于是始相聚为群盗”。唐僖宗时代，“天下盗贼蜂起，皆出于饥寒”。至宋，税重役繁，百姓多弃田不耕，“民罕上著”。而花石纲又复扰民，“方腊因民不忍，阴聚贫乏游手之徒，起为乱，破六州五十二县，戕平民二百万”。此种历史都可以证明：因贫穷而作乱的，多由流氓发动。他们没有“身家性命”，而生活又不安定，生的快乐既未尝过，死的苦痛也不恐怖。他们最肯冒险，由九死一生之中，突然地置身于云霄之上。他们个人虽然没有势力，而成群结队之后，就可以横行江湖。绅士怕他们捣乱，农民怕他们鱼肉，他们在中国社会上，乃是化外之民，隐然成为一个势力。

流氓在中国历史上曾演过重要的角色。他们常常变为流寇，先向最没有抵抗力的农民肆行劫掠，而使疲敝不堪的农村，连余喘也不能保。农村破坏之后，政府因田赋的减少，财政也日益穷匮，不能不用苛捐杂税来刮索人民，然而一切刮索最后都转嫁在农民身上。例如南宋理宗淳祐八年，陈求鲁曾说：

> 常赋之入尚为病，况预借乎。预借一年未已也，至于再，至于三。预借三岁未已也，至于四，至于五。窃闻今之州县有借淳祐十四年者矣。

其结果也，不但不能挽救国家财政的穷匮，并且还使农村愈益破产，于是政府成为怨府，而朝代随之更易。西汉的绿林赤眉，东汉的黄巾，晋代的许多流寇，隋的窦建德、刘黑闼，唐的王仙芝、黄巢，宋的方腊、宋江，元的刘福通、徐寿辉，明的李自成、张献忠，都使中央政府疲于奔命，朝祚因之断绝，甚者且把整个的中国送给漠北民族。

梁山泊所代表的是什么？不消说，它的构成分子，以流氓为主，最初投到梁山泊的是晁盖等七人，晁盖虽是山东济州郓城县的富户，但他不喜欢结交文人，“专爱结识天下好汉”（《水浒传》第十三回），其下有吴用为不第秀才，公孙胜为云游道人，刘唐漂泊江湖，没有一定职业，三阮打鱼为生，并做私商勾当，白胜则为闲汉。梁山泊的好汉大率出身于流氓，没有正当的职业，或在山林“剪径”，或在湖里“揩油”，我们虽然佩服他们的义气，而对于他们“逼上梁山”的环境，也该予以相当的同情，但不宜因佩服与同情，而讳言他们的出身。

二　经济生活

“有福同享，有苦同受”，是他们的口号，“大秤分鱼肉，小秤分珠宝”，是他们的生活。由这口号与生活观之，可知梁山泊集团只是帮会，而非政党。帮会依义气而结合，政党依主义而团结。在帮会，既已加入，就不许中途脱离；中途脱离，视为不义之事。在政党，政见相同，是我的同志；政见改变，又变成我的敌人。改变之人道德上毫无过恶，视之为敌之人，道德上也无反于友谊。帮会只能横行江湖，依“有福同享，有苦同受”的观念，互相合作，纵有小愆，亦不能夺其“福”，而加以“苦”。反之，政治所需要者乃是刑赏，管子有言：

> 明主之治也，有功者赏，乱治者诛，赏之所加，各得其宜，而主不自与焉。

商鞅之言，更合于为政之道，他说：

> 有功于前，有败于后，不为损刑。有善于前，有过于后，不为亏法。

这种不顾过去之功与善，只看目前之败与损，在帮会是办不到的。

帮会的组织均以下层阶级为基础。他们多无产业，所以他们的团体关于经济方面，常接近于共产主义。不过他们的共产主义不是生产上的共产主义，而是消费上的共产主义。在古代，不但流氓团体只能实行消费上的共产主义，就是学者也只能主张消费上的共产主义。这不是因为他们思想幼稚，而是因为当时的经济条件只能产生这种幼稚的共产主义。何以故呢？古代工业未曾发展为大工业，手艺匠乃个个独立，而表现为生产上的个人主义。要令生产者合作，非常困难。反之，人们的生活条件却很简单，任谁都没有特别的欲望，他们在消费方面颇能一致。因此之故，遂使古代的共产主义只能取消费形式，不能取生产形式。

梁山泊的共产主义是消费上的共产主义，不是生产上的共产主义。但是有了生产，而后才配谈分配。他们不是生产者，他们的货财从什么地方得到呢？固然他们首领之下有许多喽啰，他们的经济生产就是筑在喽啰制度之上。但是喽啰又和希腊罗马时代的奴隶不同，不是用“汗”来生产主人的生活品，乃是用“血”来略掠别人的生活品，以供主人之用。但是他们的生活既然不依靠他们自己的生产，所以“仗义疏财”及“劫富济贫”遂成为他们的最高道德。即他们的共产主义并不想改变生产形式，只想劫掠富人的货财，把各种消费品另行分配。这种“劫富济贫”的观念，不但流氓阶级视为最高道德，就是普通人民也视为合于天理。按古代财富的集中，就其原因与结果言，都与现代资本的集中不同。现代资本的集中由于竞争所致，而竞争可以改良技术，而增加工业生产力。古代财富的集中则由豪强利用高利贷的方法，尤其是政治手段，来剥削一般农民。这个方法是减低而不是提高生产力的。并且现代资本家在自由竞争之下，要想维持自己的存在，须将利润储蓄起来，借以添置设备，改良技术，至于个人所得消费的不过其中小部分而已。反之，古代富人没有这个必要。他们利润的来源非在于技术的改良，而在于过度的刮索。他们刮索所得的金钱均供为个人享乐之用，所以财富集中在少数人的手上，并不是生产力的发展，而只是消费品的集积。然而这种消费品又不是个人所能消费得完，所以把它分散给大家同用，不但不会减少社会的生产力，反而可以促进货财的流通。古人以仗义疏财为最高道德，用此以结交朋友，用此以增加权力，其原因实在于此。

三　伦理观念

人类的生活方式，决定了人类的伦理观念。

据社会学者所言，澳洲土人不以杀儿为不道德的行为，因为他们过的是游牧生活。生了一个儿子，未到四五岁，而又生了一个儿子，不但无法养育，而且行动不便，所以只有把后生的杀死。美洲土人对其家中老人，往往置之死地，而不视为悖理的事。因为他们过的也是游牧生活，而生产力又甚幼稚，一人一天的生产只能维持一人一天的生活。年老的人既然不能随群奔走，而又无法觅食，所以只有听其死亡，使他不受现世的苦痛。

伦理观念随生活方式而不同，而生活方式又随阶级而不同。

绅士生在财主家里，幼有保姆看护，壮有师傅训导，到了长大，又继承祖宗的财产，过其安乐的生活。试问他们的生活何以这样安乐？因为他们有财产。他们的财产从哪里得来？由于祖宗遗留。他们享受现世安乐的生活，不能不回想到安乐生活的来源，既然回想到安乐生活的来源，当然对于祖宗，感恩戴德，油然发生一种孝的情绪。绅士以“孝为百善先”，是有理由的。但是祖宗的财产何以不被别人抢去？因为有国家的保护。国家是谁人的国家？“普天之下，莫非王土”，国家当然是皇帝的国家。我们现在安乐的生活，由于祖宗的财产，而祖宗的财产所以能够存在，又由于国家的保护，即由皇帝的保护，则我们为了感恩戴德，而须尽孝于祖宗，当然也须感恩戴德，而尽忠于皇帝了。

绅士阶级的道德是“忠”、“孝”二字。

流氓呢？流氓生在穷人家里，他们自呱呱坠地以来，除了母亲的乳汁之外，未尝受过祖宗的余荫，有时连母亲的乳汁，还要让给财主的子弟去吸。他们幼年的生活未必比鸡豚为优，因为鸡豚养大了之后，可以卖给别人，其利益是直接的，而儿子有没有“出息”，还是不可知之数。他们稍稍长大，就帮助父母，从事各种劳动，或入山陵讨柴，或到河边捞鱼，或则上街卖油条，家庭的幸福既未享过，对于家庭，当然没有爱情。反之，他们讨柴、捞鱼、卖油条的时候，为了预防野兽及暴徒的来袭，则常结伴同行。这个时候，朋友是他们寂寞的安慰者，又是他们生命的扶助者。到了他们长大，流浪江湖，朋友的重要更见增加。他们看重朋友，以义气为最高道德，实是环境使然。朋友愈多，则他们的义气范围愈广，超过一定限度之后，很容易由爱惜朋友的义，变为爱惜人类的仁。

流氓阶级的道德是“义”字，而发扬光大之后，则成为“仁”。

梁山泊是流氓所组织的团体，所以他们重义而不重孝。孝子王进不上梁山，而最初出现于《水浒传》的好汉便是气死母亲的史进（《水浒传》第一回）。宋江虽有孝义黑三郎的绰号（《水浒传》第十七回），但若研究其生平行为，尚不能称为养志。其他的人更谈不到什么“孝”字。李逵虽然动于孝思，回家取娘，然而半路就送给老虎充饥（《水浒传》

第四十二回）。这个事情可谓世上最悲惨的事，然而李逵回山，诉说杀虎一事，宋江竟然大笑，众好汉也没有安慰的话（《水浒传》第四十三回）。假使李逵所取的非其母，而是其友，则难保梁山泊诸好汉不责李逵谋事不慎。重友而不重亲，不是因为他们没有道德，乃是因为他们的伦理观念与绅士的伦理观念不同。

然而他们却极重视义气，鲁智深在菜园舞起铁禅杖，因为林冲一声喝彩，即认为知己（《水浒传》第六回）。后来，林冲受了高太尉陷害，刺配沧州，鲁智深便一路跟去，暗中保护，走到野猪林之时，董超、薛霸将林冲缚在树上，举起水火棍，望林冲脑袋劈了下去，而树后忽然飞来了铁禅杖，救林冲于将死，鲁智深又直送林冲到沧州（《水浒传》第八回）。这种义气还可以说是林冲是他的知己。“士为知己者死”，这句话只唯下层阶级方能做得出来。杨雄吃酒半醉，途中为张保等抢去财物，石秀挑着一担柴来，路见不平，便放下了担，一拳一个，都打得东倒西歪，杨雄方才脱身，而与石秀结拜为兄弟（《水浒传》第四十三回）。此种路见不平，奋不顾身，恐非士大夫能够做到。他如武松为施恩而打蒋门神，施恩亦三入死囚牢去看武松，这都是出于“义”字。吾人以“义”为下层阶级的伦理观念，并不杜撰。

“替天行道”的意义

“替天行道”，为梁山泊的口号。这个天道观念不但含义复杂，而且性近玄学，我现在只研究政治上的天道观念，由此说明梁山泊终是草寇集团，没有得到天下的希望。

原始社会都是血统团体，而以氏族为基础，到了血统团体进化为地域国家之时，血统关系尚未完全脱掉。这个时代，最大的氏族可以统治别的氏族，而其族长则上升为国家的元首。例如黄帝，他是有熊氏的族长，而有熊氏又是当时最强的氏族，所以黄帝同时又为中国的元首；其他如青阳氏、高阳氏、高辛氏、陶唐氏、有虞氏、夏后氏都是当时最大的氏族。氏族乃集合许多家族而成，在家族之内，家长须慈爱其子弟，同样，由氏族演进为国家之时，元首也须慈爱其臣民。家长要管束其子弟，必须立身以正，足为子弟的模范。子弟服从，一家就可统一，而有相当的威力，而能压服氏族。氏族既已压服，又可利用氏族的威力，征服别的氏族，而组织国家。这就是《尚书·尧典》所说“克明俊德，以亲九族，九族既睦，平章百姓，百姓昭明，协和万邦，黎民于变时雍”的根据。

这种思想虽然发生于血缘团体之内，但是血缘团体变成地域国家之后，中国人仍用这个观念来解释国家。就是他们仍把国家视为家族的扩大，仍把政治看做家政的扩大，君主为臣民的父母，臣民为君主的赤子，君主与臣民的关系无异于家长与子弟的关系，家长须慈爱其子弟，君主亦须慈爱其臣民，所谓“仁政”就是由此而产生，所谓“修身，齐家，治国，平天下”，也是由此而产生的。

但是国家和家族又有不同之点，在家族之内，父子关系是自然的，父是父，子是子，任谁都不能变更。反之，在国家之内，君民关系却不像父子关系那样的自然，于是又发生了谁是君、谁是民的问题。

人类总喜欢用自己周围的现象，扩充之以观察万物，古代中国人不但用家族现象观察国家，且用家族现象观察宇宙。家有家长，家长须慈爱其子弟，国有元首，元首亦须慈爱其臣民，同样，宇宙之内，亦有一个主宰，而能慈爱万物。这个宇宙的主宰，中国人称之为天，日月照临，风行雨施，这就是天的慈爱。天是宇宙的主宰，人类社会不过是宇宙的一部分，所以人类社会也受天的支配，这种天道思想由来甚久，《尚书》之中有不少的“天命”、“上帝”、“神后”之言。而把这种观念组织为一个有系统的学问者则为汉儒董仲舒。在秦汉时代，法家思想最见流行，武帝罢黜百家，表章六经，儒家思想也见用于政治之上。法家主张法治，希望人主“不淫意于法之外，不为惠于法之内”。但是法由人主制定，“利在故法前令则道之，利在新法后令则道之”。这样，要束缚人主于法律之内实非易事。儒家主张人治，希望人主任贤使能，使“贤者居位，能者在职”。但是决定谁是贤能的权力又属于人主，“燕子哙贤子之而非孙卿，故身死为僇。夫差智太宰嚭而愚子胥，故灭于越”，法不能拘束君主，人不能掣肘君主，君主不受任何拘束，即君主的权力乃如汉顺帝所说：“朕能生君，能杀君，能贵君，能贱君，能富君，能贫君。”君主既有如斯权力，而法治与人又莫能匡救，在民主思想尚未发生以前，学者只有求助于“天”，于是董仲舒就应用阴阳家的学说，把天放在人主之上，使人主见到天象，有所警惕。他主张：“春秋之治，以人随君，以君随天……故屈民而伸君，屈君而伸天，春秋之大义也。”同时又说，“天之生民非为王也，而天立王以为民也。故其德足以安乐民者，天予之，其意足以贼害民者，天夺之。”复说：“天常以爱利为意，以养长为事，春夏秋冬皆其用也。王者亦常以爱利天下为意，以安乐世为事，好恶喜怒而备用也。然而主好恶喜怒乃天之春夏秋冬也。”自董仲舒之后，吾国政治并不受法家思想的影响，也未受儒家学说的支配。真正控制中国政治的，乃是董仲舒所代表的阴阳学说，吾人观二十四史之五行志即可知之。

但是苍苍者天，不能直接统治人民，必须授命于一人，令他代天统治，这个人就是天子，天子为天的儿子，代天统治人类。但是天是慈爱的，所以天子必须体天之德，同家长爱其子弟一样，爱其赤子；否则天命不佑，天必夺其帝位，以另给别人。

> 万章曰：“尧以天下与舜，有诸？”孟子曰：“否，天子不能以天下与人。”“然则舜有天下也，孰与之？”曰：“天与之。”（《孟子·万章章句上》）

但是天不能言，何由知道谁人能够体天之德呢？“天视自我民视，天听自我民听”（《尚书·泰誓中》），凡人能够得到百姓的欢迎，都可以视为受命于天，而为天子，所以在上文所引万章与孟子的对话，又继以下列文句：

“天与之者，谆谆然命之乎？”曰：“否。天不言，以行与事示之而已矣。”曰：“以行与事示之者，如之何？”曰：“天子能荐人于天，不能使天与之天下；诸侯能荐人于天子，不能使天子与之诸侯；大夫能荐人于诸侯，不能使诸侯与之大夫。昔者，尧荐舜于天，而天受之，暴之于民，而民受之。故曰：天不言，以行与事示之而已矣。”曰：“敢问荐之于天，而天受之，暴之于民，而民受之，如何？”曰：“使之主祭，而百神享之，是天受之；使之主事，而事治，百姓安之，是民受之也。天与之，人与之，故曰：天子不能以天下与人。舜相尧二十有八载，非人之所能为也，天也。尧崩，三年之丧毕，舜避尧之子于南河之南。天下诸侯朝觐者，不之尧之子，而之舜；讼狱者，不之尧之子，而之舜；讴歌者，不讴歌尧之子，而讴歌舜，故曰：天也。夫然后之中国，践天子位焉。而居尧之宫，逼尧之子，是篡也，非天与也。”《泰誓》曰：“天视自我民视，天听自我民听，此之谓也。”（同上）

“抚我则后，虐我则仇”（《尚书·泰誓下》），在中国历史上，君主因受百姓反抗，而致失去天下的不知多少，匹夫因受百姓欢迎而能得到天下的又不知多少，所以聪明的人常能体天之意，施惠于民。不过人民二字尚觉空泛，“人绝对不容易得到全民的欢迎”，但是至少必须得到最有势力的人的欢迎，孟子说：“为政不难，不得罪于巨室。”就是因为在春秋战国时代，巨室（土地贵族）最有势力。那么，秦汉以来，哪一种人最有势力呢？中国本来是个农业国，秦汉以来，又是个官僚国，而中国所以成为官僚国，又由于农业国的生产条件而来。何以说呢？中国经济乃是闭锁的自然的农业经济，这种农业经济最容易产生割据的封建制度。但是中国农业的生产条件又不许割据局面的存在。因为中国农业的基础是筑在水利经济之上，这个水利经济只有集合各地，共同协力，而后才能成功。如果各地割据，只能在河流的一部分，建筑坚固的堤防，而不顾到全流域，那么在上流或下流还是要溃决的。汉明帝时尚有“左堤强，则右堤伤，左右俱强，则下方伤”之诏。兼以农业依靠水利，齐桓公会诸侯于阳谷，以“无障谷”为盟约之一。所谓无障谷是谓“无障断川谷，专水利也”。水利的独占亦可破坏中国的农业。由于这个必要，遂成立了中央集权的国家。中央集权的国家要预防割据局面的复兴，不能不打倒土地贵族；既然打倒了土地贵族，自然不能不利用士大夫阶级，以组织官僚国家。这样，士大夫阶级就代替了土地贵族，而取得统治权。闲话少说，言归正传。因为中国是官僚国，所以士人有很大的势力；因为中国是农业国，所以农民也有很大的势力，谁能够得到士农的欢迎，谁便可得天之助，而为天子。但是怎样才能得到士农的欢迎呢？于此，我们又须研究他们两者的生活状况。

士人就是知识阶级，他们利用知识，以维持自己的生活，又利用知识，以取得社会的及政治的势力。他们维持生活的方法，或做师而取得一定的束脩，或做官而取得一定的禄俸。若就普通的情形来说，士人都想做官。这种士人阶级产生于春秋末季（在此以前，不是没有知识分子，不过他们生活非依靠于知识，乃依靠于土地的收入；他们做官非依靠于知识，乃依靠于门阀，所以他们与知识阶级不同）。然在当时，士人阶级的人数尚少，他们做官容易，所以在《论语》里面，孔子门人未曾以“仕”为问题，而孔子亦不大言“仕”。到了战国时代，士人阶级已觉过剩，由是就发生了生存竞争，而令士人注意到“仕”的问题，所以在《孟子》里面，孟子门人喜欢问“仕”，而孟子且以“仕”为君子的职务。

> 周霄问曰：“古之君子仕乎？”孟子曰：“仕。《传》曰：‘孔子三月无君，则皇皇如也，出疆必载质。’公明仪

> 曰：‘古之人三月无君则吊。’”“三月无君则吊，不以急乎？”曰：“士之失位也，犹诸侯之失国家也。……亦不足吊乎？”“出疆必载质，何也？”曰：“士之仕也，犹农夫之耕也，农夫岂为出疆，舍其耒耜哉？”

孟子岂但以“仕”为君子的职务，且又以“仕”为君子谋生的方法。孟子曰：“仕非为贫也，而有时乎为贫。”由此可知士人必仕，而仕的目的，好听的说，在于行道，不好听的说，在于救贫。士人的生活既然依靠于仕，所以圣主贤君要得到士人的欢迎，必须大开仕路，使人人可用自己的才智，得到相当的地位。

农民的生活怎样？他们耕田，他们固然希望政府“春省耕而补不足，秋省敛而助不给”，如其不能，也希望政府不来过度剥削。孟子说：“有布缕之征，粟米之征，力役之征，君子用其一，缓其二。用其二，而民有殍；用其三，而父子离。”所以明君在位，必须“不违农民”、“薄其税敛”，使民“仰足以事父母，俯足以畜妻子，乐岁终身饱，凶年免于死亡”。君主能够这样待遇农民，农民亦必讴歌盛德，而愿为之氓。

总而言之，不管是谁，只要他对于士人能够尊贤使能，对于农民能够薄其税敛，必可得到士农的欢迎，而成为天子。在吾国历史上，最能实行这个政策的，一是汉高祖，他于十一年下诏求贤，诏曰：

盖闻王者莫高于周文，伯者莫高于齐桓，皆待贤人而成名。今天下贤者智能岂特古之人乎？患在人主不交故也，士奚由进！今吾以天之灵，贤士大夫定有天下，以为一家，欲其长久，世世奉宗庙亡绝也。贤人已与我共平之矣，而不与我共安利之，可乎？贤士大夫有肯从我游者，吾能尊显之。布告天下，使明知朕意。……

十二年十一月过鲁，又以太牢祀孔子。明太祖的作风有似于汉高祖。他于洪武元年二月以太牢祀先师孔子于国学，表示崇奉儒家之意，同年九月亦下诏求贤，诏曰：

天下之治，天下之贤共理之。今贤士多隐岩穴，岂有司失于敦劝欤，朝廷疏于礼待欤，抑朕寡昧不足致贤，将在位者壅蔽，使不上达欤。不然，贤士大夫幼学壮行，岂甘没世而已哉。天下甫定，朕愿与诸儒讲明治道。有能辅朕济民者，有司礼遣。

汉高祖入关之时，致力收罗人心。

汉元年十月，沛公兵遂先诸侯至霸上。……召诸县父老豪杰曰：“父老苦秦苛法久矣，诽谤者族，偶语者弃市。吾与诸侯约，先入关者王之，吾当王关中。与父老约法三章耳：杀人者死，伤人及盗抵罪。余悉除去秦法。诸吏人皆安堵如故。凡吾所以来，为父老除害，非有所侵暴，无恐！……”乃使人与秦吏行县乡邑，告谕之。秦人大喜，争执牛羊酒食献飨军士。沛公又让不受，曰：“仓粟多，非乏，不欲费人。”人又益喜，唯恐沛公不为秦王。

秦时，“田租口赋盐铁之利二十倍于古”，“海内之士，力耕不足粮饷，女子纺织不足衣食”。汉兴，在财政极度困难之际，还是“轻田租，什五而税一”。文帝十二年以后，又改为三十而税一。明太祖于至正十六年，攻下应天，他的作风有似于汉高祖入关之时。

太祖入城，悉召官吏父老谕之曰：“元政渎扰，干戈蜂起，我来为民除乱耳，其各安堵如故。贤士吾礼用之，旧政不便者除之，吏毋贪暴，殃吾民。”民乃大喜过望。

同时，又能安抚农民，凡得到一地，即免该地田赋。这种免租对于人心乃有极大作用，“奚我后，后来其苏”，各地人民希望免租，而希望明军来临，乃是理之必然。

聪明哉明太祖，对于士人尊孔招贤，对于农民，减租免税，士农阶级当然讴歌盛德，希望明太祖成功。明太祖不过濠州和尚，而又做过流丐，他于元顺帝至正十二年举事，附郭子兴之下，至正十五年郭子兴死，明太祖才渐渐自树一帜，然既出身于和尚，当然可使士人怀疑，所以必须尊孔招贤，使士人知道自己已经弃释归儒，而安其心。他又因为做过流丐，很容易使人误会自己为盗匪，所以每次攻城略地，先则安民，次则减税，以表明自己和流寇不同。他能够得到天下，是应该的。

梁山泊虽然标榜“替天行道”，但是他们的行为又常常与天道背驰。他们在江州劫法场的时候，“不问军官百姓，杀得尸横遍地，血流成渠”（《水浒传》第三十九回）。这种举动已使百姓害怕，而起事数年，除流氓降将之外，又未曾用过一个士人，至对付近邻的农村，更不得其法，卒致祝、扈、李三庄因怕梁山泊过来借粮，准备抵抗（《水浒传》第四十六回）。试问这样行动何能收揽民心？“皇天无亲，惟德是辅。民心无常，惟恶是怀。”梁山泊不能“施惠于民，当然民不怀德，民不怀德，当然皇天不佑”。这是梁山泊失败的原因。

杀猪的郑屠何以能在延安府称霸

“男耕女织”为中国经济的特征，所以中国人很崇敬牛郎织女，而牛郎织女确实不愧为中国的经济神，更确实可以表示中国农民的生活。牛郎日夜耕田，织女日夜织布，他们为了中国的经济问题，终日劳苦，工作之余，身体已觉疲倦，哪里尚有工夫，讲到夫妻爱情，因此，每年只能于农事完了的秋天（七月七日）相会一次。在他们相会的时候，家家均享以太牢，就是报答他们的辛苦。

上面的话可以证明中国是一个农业国家。但是中国农业乃放在水利上面，风雨灾旱对于中国的农业，都有很大的关系，而使中国人不能不时时刻刻留心到天气的转变。不宜下雨而下雨，不宜吹风而吹风，都可以破坏中国的经济，而使数百万的人填于沟壑。因此之故，中国人遂养成了一种关心气候转变的习惯，终则问人气候好坏竟然成为一种“寒暄”的话。

中国农业不但放在水利上面，且又放在牛力上面。用牛耕田，数千年来，已经成为中国唯一的技术了。中国耕田，既然依靠牛力，则牛的缺乏，当然可以引起中国农业的破坏。怎样防止牛力的缺乏，在科学不发达的时代，当然没有办法，唯一的办法只有“戒杀”，由于这个要求，又使中国人养成了不吃牛肉的习惯。

但是中国农业既然放在水利和牛力上面，当然可以证明中国农业的幼稚。何以中国农业这样幼稚呢？因为自古以来，中国就有过剩的劳动力。劳动力的过剩常表现为劳动力价值的低廉。装置高价的机器，比之雇用廉价的劳动力，还不合算，因此，就阻害了技术的改良。技术既然不能改良，则在大农制度之下，不能不雇用许多佣农，然而土地既然不属于佣农，生产物又不归佣农所有，佣农当然滥用地力，不肯深耕，土地日渐荒芜，农业日渐衰落。汉代提倡限田，这也许是原因之一。

在限田制度之下，当然不会发生大农，但是中国虽然不实行限田，而大农制度也可由诸子平分的继承法，渐至破坏。那么，在小农制度之下，中国农业可以发展吗？小农乃自己耕作自己的土地，而把自己劳动的结果，收归自己的手里，所以他们比较佣农，必当勤恳许多。然而同时也有各种缺点，如分工，如机器，如科学的管理，在小农制度之下，均难实行。中国农业既是必然地变为小农制度，则中国农业不能发达，又是势之必然了。

在小农制度之下，技术既然无法改良，其结果，农民单单耕田，就不能维持一家的生计，而须经营种种副业，终则健壮的男人均出外做工，土地的耕种则一委于老弱的妇女。农业渐次离开商品生产的领域，而变为家计的一部。换句话说，农业不以贩卖为目的，而以生产自己所必要的食粮为使命，于是农业的生产力愈益降低，而中国农村也渐次破坏。

在这种情形之下农民的生活当然困苦，万一岁歉不收，则一家的生计就无法维持，只有向财主借债，等到丰年的时候，再把债务偿清。但是财主所有的，不是货物，而是货币，农民所借的，也不是货物，而是货币，即他们把借来的货币购买生活资料，以维持一家的生计。这样一来，则是农民乃于货币的价值最便宜的时候，借了货币，而于货物的价格最昂贵的时候，买了货物；更于货币的价值最昂贵的时候，还了货币，而于货物的价格最便宜的时候，卖了货物。所以农民愈见贫穷，弄到结果，竟然不能偿清债务，只有把自己的土地抵押于高利贷，向高利贷借了货币，以偿清债务。到了这个时候，中国经济神的牛郎织女便失去权威，代此出来支配中国的，则为代表高利贷的财神。

在高利贷的支配之下，中国农业更没有发展的可能。何以呢？利上加利，岂但土地的所有权，在实质上，已归属于高利贷，并且年年所得的收获又须把很大的部分，送给高利贷做利息。农民自己没有蓄积，那么，当然只能实行“单纯再生产”，不能实行“扩张再生产”。然而地力是有限的，收获是递减的，年年在同一的土地，做同一的耕种，收获何能不年年减少。减少到最后程度的时候，农民耕田，不但不能养活一家，而且连完粮和纳税，都感觉不够。但是同时农民又因负债之故，受了高利贷的监视，把自己的身体束缚于土地之上。他们不能抛弃土地，只能逃出土地，逃出压迫势力的范围外，走到不法的方面去。

郑屠便是高利贷的变相，而且还是最凶恶的高利贷。高利贷的利润乃产生于少借而多还，他们最喜欢的，则为不借出一点本钱，能够由别人那里，取回许多利息。郑屠就是利用这个方法。他写了三千贯文书，虚钱实契，娶了金家女儿为妾，未及三个月，又把金家女儿赶打出去，追还原典身钱三千贯，金家父女不敢和他争执，只有每日到酒楼上唱曲，得些钱来，将大半还他（《水浒传》第二回）。诸君！不出一文，竟能拐骗一个处女，玩了三个月之后，又能够把她赶打出外，而追还当初未出一文的三千贯。世上有这样便宜的事没有！高利贷的面目，于此已可看出。郑屠当然是一个高利贷，他可利用金钱的力量，支配许多流氓，而恐吓很多贫民，金老说他“有钱有势”，的确不错。他在延安府称霸，其势力的基础，就是筑在高利贷的剥削上面。

郑屠的横行便是高利贷横行的一例。他欺诈取财，而又拐骗良家女儿，罪大恶极，何以官厅不敢过问。要明白这个问题，必须知道高利贷在中国的势力。在中国，生财之道不依靠于经济手段，而依靠于政治手段，贪官污吏用政治手段，剥削民膏，而剥削之后，又因中国产业的幼稚，无处投资，只能放债取息，所以中国的官僚同时又是高利贷，孟尝君就是一例。

> 孟尝君时相齐，封万户于薛。其食客三千人，邑入不足以奉客，使人出钱于薛。岁余不入，贷钱者多不能与其息，客奉将不给。孟尝君忧之，问左右：“何人可使收债于薛者？”传舍长曰：“代舍客冯公，形容状貌甚辩，长者，无他技能，宜可令收债。”孟尝君乃进冯驩而请之曰：“宾客不知文不肖，幸临文者三千余人，邑入不足以奉宾客，故出息钱于薛。薛岁不入，民颇不与其息。今客食恐不给，愿先生责之。”（《史记·卷七十五·孟尝君列传》）

官僚既然同时就是高利贷，官僚袒护高利贷，是理之当然的。

官僚袒护高利贷，不但因为官僚本身便是高利贷，并且因为官僚本身有时也受高利贷的支配。古代中国的官俸是很薄的，清官，薄俸不足开销，只有向高利贷乞怜。贪官，虽然“外快”不少，然其开销亦大，在刚刚接任的时候，一面钱粮尚未到手，同时又需要各种应酬费，倘若家无储蓄，也只有向高利贷伸手。因此，高利贷便支配了官僚。《阅微草堂笔记》有一则说：

> 蕲城王符九言，其友人某，选贵州一令，贷于西商，抑靳剥削，机械百出。某迫于程限，委曲迁就，而西商枝节益多，争论至夜分，始茹痛书券。计券上百金，实得不及三十金耳。西商去后，持金贮箧，方独坐太息，忽闻檐上人语曰：“世间无此不平事，公太柔懦，使人愤填胸臆。吾本意来盗公，今且一惩西商，为天下穷官吐气也。”某悸不敢答。俄屋角窸窣有声，已越垣径去。次日，闻西商被盗，并箧中新旧借券皆席卷去矣。此盗殊多侠气，然亦西商所为太甚，干造物之忌，故鬼神巧使相值也。（《阅微草堂笔记·如是我

闻》第四章）

一个州令受了高利贷的压迫，竟然无法抵抗，高利贷的权威，在这里已可看出。郑屠能在延安府横行，社会不敢制裁，官厅不肯过问，其理由即在于此。

农民受了高利贷的剥削，须把大部分的生产物，献给高利贷做利息。农民生产的东西，对于自己，没有利益，只增加高利贷的财产。他们绝望了，他们愤怒了，然而他们却不能出来革命，他们最多只能够暴动。因为革命事业是一种重大艰难的工作，革命群众须有相当的组织，而又须有相当的余暇和能力，致力于革命运动。农民虽是一个阶级，但是他们乃散处各地，没有阶级意识，他们不能团结，并且他们每天从事于过劳的工作，既无余暇以修养自己的心身，又无余暇以致力于革命运动。他们无法推翻现在的社会，他们只想脱离现在的社会，投身于土匪之中，他们不断地扩大土匪的人数。土匪的人数既然增加，农村愈益破坏，于是农民暴动了，汉的赤眉、黄巾，唐的黄巢，明的李自成、张献忠，无不引率农民暴动，其结果，初则群雄割据，次则朝代更迭。

鲁智深便是反抗高利贷的好汉，他不说情理，也不要求官厅制裁，只依靠自己的腕力，三拳打死了高利贷。然而因此，卒剃发为僧，落草为盗，我们在《水浒传》中，除了林冲、武松之外，最欢迎花和尚鲁智深，就是因为他不惜生命，出来反抗高利贷。

由五台山文殊院说到佛教流行的原因

鲁达三拳打死镇关西郑屠之后，逃到代州雁门县，又因官厅行文捕捉，便由赵员外的介绍，入五台山文殊院，剃发为僧（《水浒传》第三回）。文殊院能够收容犯人，本来不足为奇，因为人们既然寸草不留，就是表示六根清净，与世无争，他们是化外的人，当然不受王法制裁。不过我们所视为奇怪的，则为文殊院的经济力，文殊院的僧人有五七百人，他们念经拜佛，毫不劳动，而乃有很大的财产。挑担卖酒的汉子对鲁达说："我们见关着本寺的本钱，见住着本寺的屋宇，如何敢卖与你吃？"酒店老板也对鲁达说："师父少罪，小人住的房屋也是寺里的，本钱也是寺里的，长老已有法旨，但是小人们卖酒与寺里僧人吃了，便是追了小人们本钱，又赶出屋。因此，只得休怪。"由此可知在文殊院周围数十里之内，不但土地和房屋属于文殊院，便是经商的人的本钱也出自文殊院。文殊院既然有这样巨大的经济力，那么当然可以支配邻近的老百姓。现在试来研究文殊院何以有这样丰富的财产。

佛教传入中国，在汉明帝时代，三国鼎立，争战不已。晋虽统一中国，而仅仅十年，又发生八王大乱，引起五胡乱华。人民终日在水深火热之中，不但因为没有组织，不能作革命运动，且又因为苦难的来源在于政权分裂，引起兵争，倘再加以革命，则乱上加乱，人民何能忍受。据中外历史所示，政权腐化，固然可用革命，以推翻腐化的政权。政权分裂，只有诉诸武力，用武力以统一分裂的政权。既然需要武力，则兵争之祸又何可免。

在五胡乱华时代，蛮族酋长本来只信武力，不信宗教，既见沙门“化金销玉，行符敕火，奇方妙术，万等千候”，遂认为神异，而去皈依。例如石勒之崇拜佛图佛，吕光之崇拜鸠摩罗什，绝不是由于佛教的理论，而是由于沙门的道术。

经东晋而至南北朝，佛教思想，尤其三世因果之说，似已深入人心。宋武帝令褚淡之进毒药于零陵王（晋恭帝），王不肯饮，“曰佛教自杀者，不复得人身”。宋文帝虑彭城王义康为乱，遣严龙赍药赐死，王不肯服药，“曰佛教自杀者，不复得人身”。观此可知当时的人如何崇信佛教。

现在试来研究佛教何以流行？南北朝是中国最纷乱的时

代，军阀互相火并，一旦得到帝位，便屠杀前朝子孙，“宋受晋终，司马氏遂为废姓，齐受宋禅，刘宗尽见诛夷”。北齐文宣践极，也屠杀魏的子孙。其尤甚者，一家骨肉自相诛夷，宋孝武帝残杀文帝的子孙，明帝又残杀孝武帝的子孙，齐明帝残杀高帝及武帝的子孙，凶忍惨毒，唯恐不尽，致令皇族有不愿复生王家之言。

帝（宋废帝子业）素疾子鸾有宠……遣使赐死，时年十岁。子鸾临死，谓左右曰：“愿身不复生王家。”

他们稍有天良，何能不因悔而疑，因疑而惧，因惧而思忏悔之法。高允曾言：“天人诚远，而报速如响，甚可惧也。”恰好佛教专讲因果报应，他们听了之后，怕自己堕入地狱，怕子孙食其恶果，于是遂向慈悲的佛，求其怜悯，这便是佛教流行于上层阶级的原因。吾人只看南齐巴陵王子伦之言，可知因果报应之说已经深入人心。

延兴元年，明帝遣中书舍人茹法亮杀子伦。子伦正衣冠，出受诏曰：“鸟之将死，其鸣也哀，人之将死，其言也善。先朝昔灭刘氏，今日之事，理数固然。”

我们再看齐明帝残杀骨肉，往往先烧香火，又可知道当时的人必以果报之权操之于佛。

> 延兴建武中，凡三诛诸王，每一行事，高宗辄先烧香火，呜咽涕泣，众以此辄知其夜当相杀戮也。

所以人们一旦想到果报，惨毒之事亦常为之小止。

> 明帝所为惨毒之事，周颙不敢显谏，辄诵经中因缘罪福事，帝亦为之小止。

上层阶级既信奉佛教，所以常将财产捐于佛寺，南朝的齐高帝、梁武帝、陈武帝，北朝的魏孝文、齐文宣、周文帝均曾舍其宫苑，以造佛寺。其中最可令人注意者，南齐的明帝残杀高武子孙，忍心害理，自古未有，而乃用百姓卖儿贴妇钱，以起佛寺。北朝的胡太后，恣行淫秽，鸩杀孝明，而亦喜建浮图，其造永宁佛寺之时，且不惜减少百官的禄。人主笃好佛理，天下便从风而化。

> 高祖方锐意释氏，天下咸从风而化。

> 世宗笃好佛理……上既崇之，下弥企尚，至延昌中，天下州郡僧尼寺积有一万三千七百二十七所，徒侣逾众。

北朝朝士死者，其家多舍居宅，以施僧尼。

> 朝士死者，其家多舍居宅，以施僧尼，京邑第舍略为寺矣。

南朝豪贵亦常舍其邸宅，以起佛寺（《梁书·卷三十七·何敬容传》）。至于以金钱货宝田地捐给佛寺者为数尤多，梁武帝三次舍身同泰寺，公卿大臣以钱一亿万奉赎，这是读史者共知的事。佛寺财产年年增加，在北朝，魏孝文迁都洛阳之后，二十年中，洛中土地三分之一属于佛寺。

> 自迁都以来，年逾二纪，寺夺民居，三分且一……非但京邑如此，天下州镇僧寺亦侵夺细民，广占田宅。

在南朝，例如，“长沙寺僧业富沃，铸黄金为龙数千两埋土中”，所以政府每于财政困难之际，向僧尼借债，只此一端，可知佛寺财产之多。

> 有司又奏军用不充，扬南徐兖江四州，富有之民家资满五千万，僧尼家资满二千万者，并四分换一，过此率讨事息即还。

下层阶级何以也欢迎佛教？现世的苦痛，他们是经验过的。他们受了苦难的压迫，当然想到苦难的来源及解脱苦难的方法。恰好佛教提倡三世因果，即“有过去当今未来，人为善恶，必有报应”。他们遂谓今生的苦难由于前生作孽，那么，要使来生不受苦难，只有皈依三宝，修炼今生，这是佛教能够得到下层阶级信仰的原因。兼以南北朝时代，内乱外战造成了无数贫民，贫民的赈恤不失为一个重要的问题。当时政府对于这个问题，竟然毫无措置。反之，佛教是以慈悲为本，佛寺财产不少，而僧尼的生活又不可太过奢侈。他们的收入既然超过于他们的消费，他们就把剩余物资充为救济贫民之用。佛寺既然负担了这个责任，结果，个人或政府的慈善事业也委托佛寺办理。

太子与竟陵王子良俱好释氏，立六疾馆，以养穷民。

灵太后数为一切斋会，施物动至万计。

后主武平七年春正月壬辰诏：去秋已来，水潦人饥，不自立者，所在付大寺及诸富民济其性命。

而北朝且许人民输粟于佛寺。输者，户为僧祇户，粟为僧祇粟。又许犯人及官奴投靠于佛寺，称之为佛图户，以供诸寺扫洒，兼营田输粟，于是佛寺更有财产，借以控制贫民，到了大部分贫民沦为无产者之时，佛寺在民间愈有势力。但是佛寺又不是专讲布施，而不谋自己利益的，佛寺既有财产，所以常常利用财产，放债取息。

甄彬尝以一束苎就州长沙寺库质钱。后赎苎还，于苎中得五两金，以手巾裹之。彬得，送还寺库。道人惊云："近有人以此金质钱，时有事，不得举而失，檀越乃能见还。"辄以金半仰酬，往复十余，彬坚然不受。

道人道研为济州沙门统，资产巨万，在郡多有出息，常得郡县为征。

而令政府不能不下令取缔。例如：

永平四年夏诏曰：“僧祇之粟，本期济施，俭年出贷，丰则收入山林，僧尼随以给施，民有窘敝，亦即赈之。但主司冒利，规取赢息，及其征责，不计水旱，或偿利过本，或翻改券契，侵蠹贫下，莫知纪极。细民嗟毒，岁月滋深，非所以矜此穷乏，宗尚慈拯之本意也。”

当时徭役繁重，而佛教又大开方便之门，凡人出俗入佛，均有免役的权利。如在北朝：

愚民侥幸，假称入道，以避输课。

正光已后，天下多虞，工役尤甚，于是所在编民相与入道，假慕沙门，实避调役。

南朝固然没有明文可稽，但是宋孝武帝大明二年的诏既说：

佛法讹替，沙门混杂，未足扶济鸿教，而专成逋薮。

而齐虞玩之又以“生不长发，便谓为道，填街塞巷，是处皆然”。为人民弄巧逃役的现象，是则南朝人民亦多寄身佛寺，以避徭役了。人民惮役甚于惮税，供役于佛寺者不过扫洒耕种，供役于国家者，乃至“老稚服戎，空户从役”，所以人民逃匿于佛寺，犹如投靠于豪族一样，日益增加。北朝“民多绝户，而为沙门”，“正光已后，所在编民相与入道，略而计之，僧尼大众二百万矣，其寺三万有余”。南朝“形像塔寺，所在千数”，而真伪混居，往来纷杂，“生不长发，便谓为道，填街塞巷，是处皆然”。人民出家，财政上减少了国家的税收，军事上减少了国家的兵队，于是国家和佛寺便发生了斗争，而有魏太武帝及周武帝灭佛之事。

灭佛运动不在信仰之不同，而在利害的冲突，即如颜之推所说：

罄井田而起塔庙，穷编户以为僧尼……非法之寺妨民稼穑，无业之僧空国赋算。

郭祖深说：

时帝（梁武帝）大弘释典，将以易俗，故祖深尤言其事，条以为都下佛寺五百余所，穷极宏丽，僧尼十余万，资产丰沃，所在郡县不可胜言。道人又有白徒，尼则皆畜养女，皆不贯人籍，天下户口几亡其半。而僧尼多非法，养女皆服罗纨，其蠹俗伤法，抑由于此。请精加检括，若无道行，四十已下皆使还俗附农，罢白徒养女，听畜奴婢，婢唯着青布衣，僧尼皆令蔬食，如此则法兴俗盛，国富人殷。不然，恐方来处处成寺，家家剃落，尺土一人非复国有……帝虽不能悉用，然嘉其正直。

人民出家入佛乃有其社会的原因。朝廷灭佛的财政政策与人民信佛的经济动机（求免课役），本来不能相容。朝廷不务其本，而谋其末，所以灭佛运动无不失败。到了人民厌弃佛教，而新的神之观念尚未发生之时，世上又传布一种消息："将来有弥勒佛方继释迦佛而降世。"这种传说到了隋炀帝时代又表现为"释迦佛衰谢，弥勒佛出世"之言。天上权威已经变更，地上皇朝也应更换，于是李唐代兴，而有贞观开元之治。

但是唐代沙门亦有免课的权利。武后时狄仁杰说："逃丁避罪并集沙门。”德宗时，彭偃亦说：“况今出家者皆是……苟避征徭。”文宗时，李训复说：“天下浮屠避徭役。”

沙门分为两种，一是受度出家，二是受度而不出家。前者是化外人民，自古就不必负担国家的课役，后者得到度牒之后，也可以免除徭赋。

> 宋时，凡赈荒兴役，动请度牒数十百道济用，其价值钞一二百贯至三百贯不等，不知缁流何所利而买之，及观李德裕传，而知唐以来度牒之足重也。徐州节度使王智兴奏准在淮泗置坛度人为僧，每人纳二绢，即给牒令回。李德裕时为浙西观察使，奏言江淮之人闻之，户有三丁者必令一丁往落发，意在规避徭役，影庇资产。今蒜山度日过百余人，若不禁止，一年之内即当失六十万丁矣。据此则一得度牒，即可免丁钱，庇家产，因而影射包揽，可知此民所以趋之若鹜也。然国家售卖度牒，虽可得钱，而实暗亏丁田之赋，则亦何所利哉。

最初度牒大约不由朝廷贩卖，所以中宗时魏元忠说：“今度人既多，缁衣半道，不行本业，专以重宝附权门，皆有定直。昔之卖官钱入公府，今之卖度钱入私家，以兹入道，徒为游食。”到了安史作乱，军费增加，国家为了解决财政困难，就把度牒收归国家贩卖，其数之多，“不可胜计”。

安禄山反，司空杨国忠以为正库物不可以给士，遣侍御史崔众至太原纳钱度僧尼道士，旬日得百万缗而已……肃宗即位……以天下用度不充……度道士僧尼，不可胜计……及两京平，又于关辅诸州，纳钱度道士僧尼万人。

但是这个方法只能救一时之穷，接着而来者则为丁口减少，徭赋乏匮，中宗时，已经发生问题。李峤说：

国计军防并仰丁口，今丁皆出家，兵悉入道，征行租赋何以备之。

何况国家既许官僚沙门免除课役，那么，人民当然想尽方法，求官买职，其不能得到官职者，亦必托足沙门。

中宗时，公主外戚皆奏请度人为僧尼，亦有出私财造寺者。富户强丁皆经营避役，远近充满。

安史乱后，又继之以藩镇之乱，干戈云扰，人民更设法逃避兵役。德宗时，杨炎曾言：

> 凡富人多丁者率为官为僧，以色役免。贫人所无入，则丁存。故课免于上，而赋增于下，是以天下残瘁，荡为浮人，乡居地著，百不四五。

敬宗时，李德裕亦说：

> 泗川……户有三丁，必令一丁落发，意在规避王徭，影庇资产，自正月已来，落发者无算。

但是我们必须知道，只唯富人才有担税的能力，又只唯富人才有逋税的资格，辛替否说：

> 当今出财依势者，尽度为沙门，避役奸讹者，尽度为沙门，其所未度，唯贫穷与善人。

为官而免除课役，为僧又免除课役，唐代赋税虽以户口为基础，其实，在整个户口之中，不课者却占极大部分。试看天宝中的情形吧！

> 天宝十四载，管户总八百九十一万四千七百九，应不课户三百五十六万五千五百一，应课户五百三十四万九千二百八。管口总五千二百九十一万九千三百九，不课口四千四百七十万九百八十八，课口八百二十万八千三百二十一。

肃宗时代，不课户反多过课户。

> 肃宗乾元三年，见到帐百六十九州，应管户总百九十三万三千一百七十四，不课户总百一十七万四千五百九十二，课户七十五万八千五百八十二。管口总千六百九十九万三百八十六，不课口千四百六十一万九千五百八十七，课口二百三十七万七百九十九。

课户减少，赋役便落到贫民身上，贫民受了赋役的压迫，只有破产。

> 富户幸免徭役，贫者破产甚众。

于是他们也复逃亡，逃出本乡，变成不著户籍的浮浪户。唐代租赋以田、身为主，浮浪户无田，又不著籍，当然无法令其缴纳租税。其有田而又著籍者，官僚可以免课，沙门也可以免课。国家非取消官僚与沙门的特权，财政上毫无办法。然而官僚为自己利益打算，哪肯放弃权利。因之国家所能压迫者只有沙门，于是就发生了武宗灭佛之事。合北朝之二武，史家称之为三武灭佛。然而武宗崩后，宣宗即位，又“修复废寺，度僧几及其旧”。灭佛以增加租收的目的并未达到。

唐亡，经五代而至于宋，情况还是一样，不但官户可以免役免税，沙门亦得免役免税，人民争相出家，国家不能不加限制，然诸路每岁所度人数乃逐渐增加，由三百人度一人，增至一百人度一人。于是特许出家遂成为政府财源之一。凡欲出家者须购买政府所发行之度牒。宁宗时，度牒每道为钱一千贯，后增至一千五百贯，此时金每两为钱四十贯。度牒变成钞票，可以用之为本钱，可以用之易米谷，可以用之充赐予，可以用之助经费。度牒之贩卖只能救一时之急，结果则丁口减少，徭赋乏匮，而国家财政愈益困难。政府为弥缝赤字预算，只有向小民尽量榨取。于是宗教问题又转变为社会问题。

宋代佛寺大概也和南北朝的佛寺一样，常常放债取息。看吧！“不要贪酒”为佛家五戒之一，文殊院固然禁止本院僧人喝酒，然而又把金钱借给酒家做本钱，把房屋借给别人开酒店（《水浒传》第三回），这样一来，佛寺的财产当然天天增加。以上所说佛寺“救济贫民”和“放债取息”的话，并不是我杜撰的，也不是我单看《水浒传》而说，在正史上，亦有确实的证据。北魏宣武帝曾于永平四年（511年），下诏说：

> 僧祇之粟，本期济施，俭年出贷，丰则收入山林，僧尼随以给施，民有窘敝，亦即赈之。但主司冒利，规取赢息，及其征责，不计水旱，或偿利过本，或翻改券契，侵蠹贫下，莫知纪极。细民嗟毒，岁月滋深，非所以矜此穷乏，宗尚慈拯之本意也。

这不是国家委托佛寺救济贫民，而佛寺竟然放债取息的证据么？佛寺有财产的原因在此，五台山文殊院有巨大经济力的原因亦在此。

一切宗教无不产生于民众受难最苦的时代，但是宗教乃不能拯救民众的苦难，反而民众的苦难却因宗教的麻醉而愈益延长。因为宗教常把乐园建设在幻想的世界，民众受了幻想的迷惑，忘去现世的苦痛，其结果，常常不想改造现实的社会，而只想离开现实社会，由是民众渐次失去革命性，苦难也因之而延长。在各种宗教之中，最可使人失去革命性的，莫如佛教，南北朝人民深中了佛教的毒，所以当时政治虽然非常腐化，而在历史上，我们只看见军阀们的“苦迭打”（coup d′état）（政变），却不见民众们的暴动，甚至于中央政府也不巩固。隋室虽然统一了南北朝，然而不及三十年而即亡，天下又复分裂。继此出来收拾残局的，虽然是唐，然而唐能统一天下，乃有恃于突厥的援助，唐高祖且不惜向突厥称臣（侥幸这种国耻，由唐太宗报复了），由此可知当时人民因中佛教的毒，失去政治的能力了。所以民众不先打倒宗教，绝对得不到真正的幸福。反抗高利贷的鲁达因逃命而入空门，一旦为了实行革命，又不能不逃出空门，跳上梁山，我们看到这里，当能知道宗教与政治的关系。

小霸王劫婚与中国社会之“性”的缺点

人类爱其子女，一半由于生理上的本能，一半由于经济上的必要。在生产力幼稚的社会，生了一个儿子，就是增加了一个消费者，所以爱惜子女的感情很弱。在生产力进步的社会，生了一个儿子，就是增加了一个生产者，所以爱惜子女的感情很强。

经济愈进步，生产规模常常不断地扩张，这个时候，多生一个儿子，就是多增加一个劳动力，因此，打胎杀儿不但视为不道德，并且视为不经济。只唯女儿，因为她们少时不能够做工，到了长大能够做工的时候，而又须嫁给别人，所以视为“赔钱货”，而为父母所遗弃。

家庭经济愈需要劳动力，多生儿子，就可以增加家庭的财富，这个时候不但没有杀儿的风俗，并且不能产儿的妇女又被世人蔑视。中国古代以“无子”为“七出”理由之一，其原因即在于此。

中国人口以农民为最多。农民平时受了赋税的压迫，而政府对于米价问题，又不讲求政策，不问岁之凶丰，对于农民均极不利。宋仁宗时李觏有言：

古人有言曰，谷甚贱则伤农，贵则伤末，谓农常粜而末常籴也。此一切之论也。愚以为贱则伤农，贵亦伤农，贱则利末，贵亦利末……以一岁之中论之，大抵敛时多贱，而种时多贵矣。夫农……不得而粜者，则有由焉。小则具服器，大则营婚丧，公有赋役之令，私有称贷之责，故一谷始熟，腰镰未解，而日输于市焉。粜者既多，其价不得不贱，贱则贾人乘势而罔之，轻其币而大其量，不然，则不售矣。故曰敛时多贱，贱则伤农而利末也。农人仓廪既不盈，窦窖既不实，多或数月，少或旬时，而用度竭矣。土将生而或无种也，耒将执而或无食也，于是乎日取于市焉。籴者既多，其价不得不贵，贵则贾人乘势而闭之，重其币而小其量，不然，则不予矣。故曰种时多贵，贵亦伤农而利末也。农之粜也，或阖顷而收，连车而出，不能以足用。及其籴也，或倍称贱卖，毁室伐树，不足以足食。而坐贾常规人之余，幸人之不

足，所为甚逸，而所得甚饶，此农所以困穷，而末所以兼恣也。（《李直讲文集·卷十六·富国策第六》）

所以农村之内往往因为过度贫穷，而发生人口过剩的现象。这个过剩的人口能够逃出农村，跑到都市讨生活么？中国都市是消费都市，不是生产都市，没有工厂，当然不需要劳动者。但是中国的都市何以没有工厂？原来工厂的发达是由于机器的发明，而机器的发明则有其物质的条件。中国因为农村不断的破坏，而有过剩的廉价劳动力；劳动力的过剩对于中国的工业，固然是有利的，然而中国劳动力的过剩太过厉害，因此，遂阻害了技术的改良，而使机器没有发明的机会。因为社会上既然有了廉价的劳动力，则生产者雇用人工，比之采用机器，实在便宜许多。何况发明一个机器，又足以剥夺人工，而使无数劳动者失去职业呢。中国古代政府不但不奖励机器的发明，并且又用严刑峻法，禁止人民发明机器，《礼记·王制》所谓“作奇技奇器，以疑众，杀”，其原因即在于此。技术既然不能改良，中国的工业当然不能发达。更进一步观之，中国人口以农民占大多数，而中国农民的生计又很悲惨，这个现象由消费力方面说，对于中国工业的发展，又是有害的。一方因为劳动力的过剩，致机器没有发明的机会，同时又因为消费力的微弱，致生产品无处发售，其结果，遂使中国工业数千年来，均在同一的规模上反复着。不能由家内手工业变为工厂工业，这便是中国古代不能产生资本主义的原因。

农村既然感觉人口过剩，而又没有排泄的地方，于是农民因为生活关系，就有减少人口的必要。但是他们怎样减少人口呢？制欲么，不能；用医药的方法么？没有。那么，当然只有待儿女生了之后，再把儿女杀死而已。这样，就发生了溺儿的风俗。在这个时候，他们溺死哪一种儿女呢？“不孝有三，无后为大”，男儿是本家传种的工具，而女儿不过供给别家传种，所以他们所溺死的，大半是“赔钱货”的女儿。家家都把女儿溺死，于是中国社会遂发生了一种性的缺陷，即男儿太多，女儿太少。

男儿太多，女儿太少，到了男女成年之后，当然有一部分的男人觅不到老婆。对女人的需要超过于女人的供给，固然可以提高新娘的价格，而使人们生产女儿。但是她们是人类，不是货物，货物可以自由生产，人类则当待于自然的增殖，既然不能用人为的方法，把她制造出来，而制造之后，又当经过一定年龄之后，才有“使用价值”，所以新娘的价格提高之后，觅不到老婆的人更不容易觅到老婆。

中国人把结婚看做“人生大事”，所谓“大事”并不是指“伟大的事”，是指“花大钱的事”。结婚花钱，固然是社会上一切阶级共通的现象，不过上层阶级结婚花钱，不是因为娶妻而花钱，乃是因为请客而花钱。反之下层阶级结婚，不但请客要花钱，并且娶妻也要花钱。换言之，下层阶级的结婚大约是“买卖婚姻”。而新娘的价格则比例于年龄的大小。因此，农家常常购买比较便宜的“半制品”，以做童养媳，等到年龄大了，而后结婚。

结婚要花大钱，其结果，中国人在经济上若是落伍者，在性欲上就沦为失败者。食色是人类的天性，食的问题不能解决，已经可使人们铤而走险，如果色的问题再不能解决，而其结果将更不堪设想。

就普通的情形说，结婚的人大约是善良的。他们有妻子之累，不能不致力于生产事业，他们有家庭的爱情，不能不安分守法，他们是国家的良民。反之，没有结婚的人，因为没有家累，可以游手好闲。如果他们单单游手好闲，也不过表示他们个人没有出息而已。然而事实并不这样简单，人类都有奢望，他们天天看见别人食前方丈，侍妾数十人，他们能够不动心么？然而他们的行动比较自由，不怕犯法累及妻子。心理上既然没有牵挂，物质上也没有负累，所以他们很容易变成国家的暴民。

他们变成暴民之后，不但“饥荒”可以解决，便是“色荒”也可以解决。看吧！小霸王周通不是因为做了山上大王，竟然有同桃花村刘小姐订婚的资格么？倘若周通未曾落草，他们哪里能够“撇下二十两银子，一匹红绵为定礼”（《水浒传》第四回）？纵令周通能够拿出二十两银子和一匹红绵，又哪里能够和地主家里的小姐订婚？这一段姻缘虽然给鲁智深破坏，然而周通有资格娶乡绅的小姐做老婆，我们仍不能否认。

下层阶级既然有“色”的饥饿，所以他们又以禁欲生活为难能可贵的事，而视为最高的道德行为。这种道德观念在上层阶级，是很缺乏的。因为他们对于色的问题，已经解决了，所以视为日常便饭，不以为意。司马相如拐带人家女儿而私逃，后世士大夫竟然称之为风流的事。如果这种事情发生在下层阶级，则司马相如不能入“绿林”，亦难不能入“士林”。花蝴蝶不见容于七侠五义，就是因为他不能牺牲色欲。下层阶级这样重视禁欲生活，所以周通虽然看上了刘小姐，尚须经过“定礼”的手续，而后才来完婚。周通能够上梁山泊与诸好汉为伍，就是因为他好色而不淫，知道“色礼”。

何以草料场的火烧不死林冲

社会愈黑暗，果报思想愈流行。

中国的小说不管怎样地诲淫，或怎样地诲盗，其结局无非证明“积善之家必有余庆，积不善之家必有余殃”。《太上感应篇》、《科场异闻录》、《阅微草堂笔记》固不必言，甚而至于正史里面，也含有果报的思想。看吧！“殷羡字洪乔，为豫章太守，都下人因其致书者百余函，行次石头，皆投之水中，曰：‘沉者自沉，浮者自浮，殷洪乔不为致书邮。’”人家托他寄信，是何等郑重的事，殷羡竟投在江中。但是报应不远，其子殷浩竟以空函，不能出仕了。浩有虚誉，朝廷拜为将军，将兵北征，然师徒屡败，粮械都尽，桓温上疏数浩之罪，遂坐废为庶人。“后温将以浩为尚书令，遗书告之，浩欣然许焉。将答书，虑有谬误，开闭者数十，竟达空函，大忤温意，由是遂绝。”这不是果报，是什么？

《水浒传》也有不少的果报的话，比方林冲无辜受刑，充军沧州，高太尉又派陆谦设法陷害，这个时候，林冲生命危险极了。然而“天理昭然，佑护善人善士”，一场大雪不但救了林冲的生命，且使林冲手刃了卖友求荣的陆谦（《水浒传》第九回）。痛快！痛快！

不但小说，就是正史也有果报之言，司马懿受两世托孤之命，就友谊言，亦应竭股肱之力，效忠贞之节，而乃欺凌幼主，诛戮大臣，子师废齐王而立高贵乡公，昭弑高贵乡公而立陈留王，每乘废置，窃取威权，三世秉政，卒迁魏鼎，其创业之本异于前代。“晋明帝时，王导侍坐，帝问前世之所以得天下。导乃陈宣帝（司马懿）创业之始及文帝（司马昭）末高贵乡公事。明帝以面覆床曰：‘若如公言，晋祚复安得长？’”前此，“欺他人孤儿寡妇，狐媚以得天下”，现在生儿（惠帝）愚暗，而又为其后（贾后）所制；前此，杀害曹爽，使曹家兄弟不能屏藩王室，现在则八王作乱，骨肉自相残杀，而亡国之日，“宋受晋终，司马氏遂为废姓”，可谓惨矣。而“齐受宋禅，刘宗尽见诛夷”，报应又不爽了。隋夺宇文（北周）天下，而弑隋炀帝的便是宇文兄弟（宇文化及、宇文智及）；唐夺杨（隋）之天下，而乱唐之政治的则为杨家兄妹（杨国忠、杨贵妃）。冥冥之中似有安排；这个安排似非出自神的自由意志，而是基于因果法则。

中国古代是一个黑暗的社会，处处有土豪劣绅的压迫，处处有奸官恶吏的鱼肉，中国人民数千年来历受摧残，已经失去勇气，毫无抵抗的能力了。自己既然没有能力抵抗，要求社会同情么？“各人自扫门前雪，不管他人瓦上霜”，成为中国的格言，谁肯出来代抱不平。何况中国社会既然黑暗，一举一动稍不留心，就有家破身亡的危险，则各人为了自己的安全起见，当然“危行言逊”，不欲多管闲事了。要求官厅援助么？中国古代有一种最高的政治原则，叫做“无为而治”，因此，在中国做官，最紧要的，不在于“做事”，而在于“对付人”，你能够应酬周到，与上大夫言，“ 訚訚如也”拍马，与下大夫言，“侃侃如也”吹牛，则大家将推许你，而你的官运也亨通了。中国人称才为“人才”，其意就是指“才”也者，是“对人的才”，不是“做事的才”，“人才”太多，“事才”太少，这是中国政界腐化的原因。“才”既然不在于做事，而在于对付人，那么，发生一个问题，当然要看对方是何种人物，本“不得罪于巨室”的宗旨，宁愿坐看被压迫者之被压迫了。

社会不敢援助，官厅不肯援助，中国的被压迫阶级将永久没有出路么？因此，中国社会遂流行一种侠义小说，希望有侠客出来，替天行道，扶弱锄强。在政治修明的国家，侠义小说绝对得不到人家的欢迎，因为一面有健全的舆论，监督政府，同时又有贤明的法律，保护人民。无辜的人受了压迫，法律自能保护，万一法律不能保护，则舆论必攻击政府，使政府无从逃避。因此之故，侠客毫无用处；不但没有用处，并且侠客之“越俎代庖”，亦为法律所不容。由此可知侠义小说的流行，乃是暗示社会的黑暗。在黑暗社会，有了一位侠客，扶弱锄强，当然容易得到群众的信仰，而被尊为无冠的皇帝。

但是侠客是不能强求的，一部二十四史共有几位侠客？黄天霸、白玉堂只是小说家的寓言，哪里有这样的人物？侠客既不可得，群众的思想就不能不转变了。他们受了压迫和剥削，既不敢希望政府制裁，又不敢希望侠客援助，他们只希望冥冥之中，有一个万能的神，代他们申冤，于是就发生了果报的思想。所以果报思想的流行，也不过表示社会黑暗到了极点罢了。

但是中国的果报思想又和别国的果报思想，稍有不同之点。耶稣教的最后审判，乃在于遥遥的将来，佛教的轮回也放在来生。反之，中国的果报则在现世。看吧！《科场异闻录》、《太上感应篇》无不说明现世的报应。报应不放在来生，而必放在现世，实因中国人民受难已久，来生之事既不可知，而最后审判又复遥遥无期，倘若没有现世报应，则不但不能威吓压迫者作恶之念，且又不能减少被压迫者愤愤不平之气。民众们，镇静吧！报应就在眼前！《红楼梦》上说：

陋室空堂，当年笏满床。衰草枯杨，曾为歌舞场。蛛丝儿结满雕梁，绿纱今又糊在蓬窗上。说什么脂正浓，粉正香，如何两鬓又成霜。昨日黄土陇头埋白骨，今宵红绡帐底卧鸳鸯。金满箱，银满箱，转眼乞丐人皆谤。正叹他人命不长，那知自己归来丧。训有方，保不定日后作强梁。择膏粱，谁承望流落在烟花巷。因嫌纱帽小，致使锁枷扛。昨怜破袄寒，今嫌紫蟒长。乱烘烘，你方唱罢我登场，反认他乡是故乡。甚荒唐，到头来，都是为他人作嫁衣裳。

实与《新约圣经》上说：

尔们贫穷的人有福了，因为上帝的国是尔们的。尔们饥饿的人有福了，因为尔们将要饱足。尔们哀哭的人有福了，因为尔们将要喜笑。……但是尔们富足的人有祸了，因为尔们受过安慰。尔们饱足的人有祸了，因为尔们将要饥饿。尔们喜笑的人有祸了，因为尔们将要哀恸哭泣。（《路加福音书》第六章）

有异曲同工之巧。报应既然这样威灵，民众们何必出来做反动运动呢？宗教的作用在此，支配阶级提倡宗教的理由也在此。

然而因此，却救了林冲的命，所以有人说，中国小说没有真正的悲剧。

十万贯生辰纲之社会学的意义

阔人过生发财，穷人过生花钱。阔人过生，固然是恭喜的事，穷人过生，则甚烦恼。请客么？没有钱。不请客么？客来了，面子不好看。逃避么？逃到哪里？阔人的过生，则不然了。他们请客，固然也要花钱，但是他们所得的贺礼，比之他们请客所花的金钱，其价值往往大过十倍或数千倍。我们只看蔡京的生辰，单单其女婿梁世杰所送的贺礼，已有十万贯，便可知道阔人喜欢过生的理由了。

十万贯生辰纲，由蔡京方面说，是他应得的利息，由梁世杰方面说，也应该看做投资。因为是投资，所以用经济学上的术语来说，叫做“生产的消费”，能够生产利息。梁世杰花了十万贯的金钱，收买金珠宝贝，送给蔡京庆寿（《水浒传》第二十回），蔡京收到之后，当然要另眼看待梁世杰，于是梁世杰的地位安稳了，不，还可以步步高升。这个时候，当然有人像梁世杰巴结蔡京那样，来巴结梁世杰，于梁世杰的生辰，也送来十万贯金珠宝贝。这不是利息而何？何况梁世杰既然保得住地位，当然可以利用自己的地位，刮索民膏呢？于此，我们尚可以得到一种教训，就是官位愈高，愈不必直接刮索民膏，自然有不少的人，用他们刮索的所得，拿来孝敬他，直接刮索民膏，乃是县长老爷的职务，巨吏而尚直接刮索民膏，只足证明他是蠢家货而已。

古代中国的官俸是很微薄的，单单依靠官俸，绝对不能维持身份相等的生活。这个事情，由政府方面说，固然可以减少国家财政的负担，然其结果，实无异于默认做官的贪污。在中国，贪污成为普通的现象，不，而且成为原则的现象。如果你做官之后，而尚两袖清风，一定有人骂你蠢，反之，你能买地皮、筑洋楼、讨小老婆，则你最少必可得到“能干”的声名。固然在中国历史上，也有不少的清官，受了后人无限的崇拜。其实做官要做事，单单清廉，有什么可贵？人人感觉其可贵，就是反证贪污成为普遍的现象。天下乌鸦都是一样黑，有了一只白色的乌鸦，当然人人看做奇怪。哪里知道在法治森严的国家，清官只是辽东白豕呢？

在中国，读书的人都想做官，这不但因为中国产业不发达，知识分子除了做官之外，没有别的谋生方法，并且因为受了儒家思想的影响。儒家思想是由“修身齐家”出发的，而结局则归于“治国平天下”。“治国平天下”是政治家的职务，而在社会尚未发达、民智尚未进步的时候，人们要用自己的才干，以实行“治国平天下”的抱负，必须做官，用现代的话来说，就是必须取得政权。孔孟栖栖季世，犹复游说诸侯，教以王道，到了言不能行，才退而从事著作，由此可知孔孟本人怎样注意于取得政权了。儒家的思想既以“治国平天下”为其最后目的，而孔孟的行动又欲取得政权，那么，读了孔孟的书的知识分子自然也想做官了。这个时候，如果除了孔孟的书之外，尚有其他学问，则读书的人固然不能指其全部都想做官，但是中国从前教育乃专教“四书五经”，即专教孔孟的学说，所以中国教育方针，不在于启发民智，而在于制造政治家。这样一来，不但知识阶级都想做官，便是一般民众也以做官为知识阶级的特权了。这个“读书做官治国”的思想既然成为知识阶级的心理，到了后来，知识阶级又忘却了“读书”的最后目的的“治国”，而只知道“治国”的中间手段的“做官”。“读书”和“做官”合为一体，由是教育方针又与“治国”脱离关系，而唯成为知识阶级“做官”的工具。

但是不管怎样，做官的本来手段总是读书，做官的本来目的总是治国。读书乃所以养成才干，治国乃所以发挥才干，即人们用才干得到官爵，又利用官爵的地位，发挥才干，这乃是做官的本来意义，所以做官的公式可定为：

才——官——才

但是不久，这个公式就非变更不可，何以呢？自商品生产发达之后，商业成为储财的重要方法，官爵的地位可以刮索民膏，换言之，可以储财，因此人们做官就不以发挥才干为目的，而以储财为目的。官爵既然成为储财的工具，那么政府—有官爵任免权的人—要想储财，亦只有变成商人，变成提供本钱最便宜的商品的商人，把官爵卖给出价最高的人。这个事实最初发现于中国历史之上的，则为汉代。秦时已有鬻爵之制，始皇四年，“百姓内粟千石，拜爵一级”。汉承秦制，惠帝元年令，“民有罪，得买爵三十级，以免死罪”。文帝时晁错又提议鬻爵，并予以合理的说明，文帝从错之言，鬻爵遂成为确定的制度。

晁错复说上曰：

“方今之务莫如使人务农而已矣。欲民务农，在于贵粟。贵粟之道，在于使民以粟为赏罚。今募天下入粟县官，得以拜爵，得以除罪。如此，富人有爵，农民有钱，粟有所渫。夫能入粟以受爵者皆有余者也。取于有余，以供上用，则贫民之赋可损。所谓损有余补不足，令出而民利者也。顺于民心，所补者三，一曰主用足，二曰民赋少，三曰劝农功……爵者上之所擅，出于口而无穷，粟者民之所种，生于地而不乏。夫得高爵与免罪，人之所甚欲也。使天下入粟于边，以受爵免罪，不过三岁，塞下之粟必多矣。”于是文帝从错之言，令民入粟边六百石，爵上造；稍增至四千石为五大夫；万二千石为大庶长，各以多少级数为差。

景帝时，“上郡以西旱，复修卖爵令，而裁其贾以招民”。人民买爵不但是名誉而已。凡爵至第九级之五大夫，可免徭役，而犯罪之时又得以爵赎罪，而减免罪刑，上述惠帝元年之诏即其明证。因此之故，人民无不愿意买爵。武帝时又卖武功爵。爵十七级，凡至第七级之“千夫”，如文爵之“五大夫”可免徭役。兵革屡动，爵可以蠲免徭役，所以人民买爵者甚多。有钱的人能够买爵的都已买爵了，爵的销路停止，于是武帝又发售不花本钱的商品，即卖官。

令吏得入谷补官，郎至六百石。补注引沈钦韩曰前此鬻爵，高者复除而已，此乃直任职也。

卖官制度于是乎开始。魏晋以后，吏部掌选举，因之，吏部尚书常常卖官，如在南朝，“庾炳之迁吏部尚书，颇通货贿”，甚至吏部郎，例如刘孝绰在职，颇通赃货。又如北朝，“元晖迁吏部尚书，纳货用官皆有定价，大郡二千匹，次郡一千匹，下郡五百匹，其余受职各有差，天下号曰市曹”。明在严嵩时代，“吏兵二部尤大利所在”（《明史纪事本末·卷五十四·严嵩用事》，嘉靖三十二年杨继盛疏言）。盖文选归吏部，武选归兵部之故。当然严嵩本身更以贪污为事，而如杨继盛所说：“将弁惟贿嵩，不得不朘削士卒，有司惟贿嵩，不得不掊克百姓。”政治腐化，做官的手段不是依靠才干，而是依靠货财。做官的目的在于储财，做官的手段利用货财，所以上述做官的公式也应该改作：

财——官——财

从而上面所说的“读书做官治国”那句话，也变作“读书做官发财”。

既然利用货财，以取得官爵，又复利用官爵，以取得货财，则投下的货财比之收回的货财，必其价值较多，而后才有意义。但是怎样才能使收回的货财比较投下的货财为多呢？中国古代的官俸是很薄的，单单依靠官俸，当然不行，唯一的方法只有刮索民膏。于是蔡京收到十万贯的贺礼了，梁世杰花去十万贯的贺礼，也向民间取偿了。其结果，当然官吏发财，百姓遭殃。草创梁山泊的是晁盖、吴用等七人，而晁盖、吴用等七人所以必须落草，则由于劫取生辰纲。这个事实指示什么呢？乃所以证明强迫人民做土匪、做强盗的，是由于官吏的贪污。

做官可以发财，固然是古今一样，但是古人做官发财远不及今人厉害，这是有理由的。第一是政治上的理由，第二是经济上的理由。在专制政治之下，国家是君主的私产，君主要谋自己地位的安固，不能不讨人民的欢心，君主要讨人民的欢心，不能不禁止官吏的贪污。因为官吏太过刮索民膏，势必引起人民的反抗，而使皇室陷于危险的地位。因此，在君主专制时代，虽然百事都坏，而官吏的刮索却有一定的限度，即限于不致引起人民反抗而间接害到皇室安全的程度之内。超过这个程度之上，君主一定出来干涉，用“抄家”的方法，向人民谢罪。反之，在民主政治之下，国家是人民的国家，这句话说来很好听，其实任谁都是国家的主人翁，其结果往往变成任谁都不是国家的主人翁，即任谁对于国家的安危，都不负责。从前贪污因为有君主的干涉，不敢太过厉害。现在呢？彼此都是相识，念到自己失脚时候的危险，谁肯过问别人的贪污呢？

政治上的理由既然可以造成官吏贪污的机会，而经济上的理由则可使官吏贪污，愈益便利。在自然经济之下，官吏向人民征取的捐税，尽是货物，牛乳羊肉既然容易腐败，而绸缎珠宝多取亦无用处，所以在自然经济之下，苛捐杂税常有一定限度。到了货币发生之后，形势乃复一变。货币可以保存，不会腐烂，并且无论在什么地方，都可使用，因此官吏遂发生了剥削人民的野心。但是货币若是现金，则金满箱，银满箱，在交通不便的时代，不但运输不易，并且慢藏诲盗，很容易引起盗贼的窥窬，而致自己的生命也有危险，所以当时的剥削也有一定的限界。现在呢？现在是信用经济时代，数千万的巨款能够同孙悟空的金箍棒一样，变成一张汇票，塞在耳朵里面，哪怕半途被强盗抢去？因此之故，现在人的贪污遂超过古人数万倍。

梁世杰用十万贯金钱，收买金珠宝贝，送给蔡京庆寿，半途给强盗抢去，这种事情在现代不会发生。固然宋代有会子、交子之法，“盖有取于唐之飞钱”，最初只是汇票。

> 先是太祖时取唐飞钱故事，许民入钱京师，于诸州便换。其法商人入钱左藏库，先经三司投牒，乃输于库……给以券，仍敕诸州，凡商人赍券至，当日给付，违者科罚。

其后益州人民以铁钱重，书纸代钱，以便市易，称之为交子，于是会子的汇票又进化为交子的纸币。据《宋史》所载：

蜀用铁钱，民苦转贸重，故设法书纸代钱，以便市易。

益州……民间以铁钱重，私为券，以便交易，谓之交子。

蜀用铁钱，以其艰于转移，故权以楮券。

既然变为纸币，政府便负发行之责，一交一缗。今日国家银行发行纸币，必有准备金。宋初，亦有本钱，即如李光所说："有钱则交子可行……椿办若干钱，行若干交子。"纸币一经发行，除了破裂之外，无须限期收回，交子则以三年为界。

会子、交子之法盖有取于唐之飞钱……一交一缗，以三年为一界而换之，六十五年为二十二界，谓之交子……界以百二十五万六千三百四十缗为额。

又者今日货币乃通行于全国，钱币如此，纸币亦然。宋因钱重难运，因之钱币不能统一，这与汉的五铢已经不同了。楮币虽轻，乃同钱币一样，各地交子各自印造，而致后来或废或用，号令反复，民听疑惑。马端临说：

（宋）自中兴以来，转而用楮币。夫钱重而直少，则多置监以铸之可也。楮轻而直多，则就行都印造足矣。今既有行在会子，又有川引淮引湖会，各自印造，而其末也，收换不行，称提无策，何哉？盖置会子之初意，本非即以会为钱，盖以茶盐钞引之属视之，而暂以权钱耳。然钞引则所直者重（原注，承平时，解盐场四贯八百售一钞，请盐二百斤），而会子则止于一贯，下至三百二百。钞引只令商人凭以取茶盐香货，故必须分路（原注，如颗盐钞只可行于陕西，末盐钞只可行于江淮之类），会子则公私买卖支给无往而不用。且自一贯造至二百，则是明以之代见钱矣。又况以尺楮而代数斤之铜，赍轻用重，千里之远，数万之缗，一夫之力克日可到，则何必川自川，淮自淮，湖自湖，而使后来或废或用，号令反复，民听疑惑乎？盖两淮荆湖所造，朝廷初意欲暂用而即废，而不知流落民间，便同见镪。所以后来收换生受，只得再造，遂愈多而愈贱，亦是立法之初讲之不详故也。

到了国家财政困难，就如滥发纸币一样，滥发会子。“官无本钱，民何以信”，“会子太多，而本钱不足，逐致有弊。”神宗时已有这种现象。

> 自用兵取湟廓西宁，籍其法（会子）以助边费，较天圣一界逾二十倍，而价愈损。及更界年，新交子一当旧者四。

徽宗时，会子更见跌价，一缗当钱十数。

> 凡旧岁，造一界，备本钱三十六万缗。新旧相因，大观中，不蓄本钱，而增造无艺，而引一缗当钱十数。

这是北宋的情况，南渡以后，会子之制更滥，不但政府滥发交子，而民间伪造交子又充斥于市场之上。

纸币既不可信用，而宋因为乏铜之故，又铸铁钱，然而币制不立，盗铸之风甚炽，铜铁二钱不断跌价，于是钱币也和楮券一样，人多不用。这便是梁世杰须收买金珠宝贝，以作礼物的原因。现代呢？打了一封电报，便是千万贯金钱，也可委托银行送往。倘若梁世杰生在今日社会，不但贺礼不会给别人抢去，并且连奉送贺礼一事，也将无人知道。经济制度的进步不能增加生产力，反而助长奸官污吏之收取红包，谁能想得到呢。

王伦何以不配做梁山泊领袖

“使我有雒阳负郭田二顷，我岂能佩六国相印乎？”这是苏秦的话。同时张仪呢？

> 张仪之赵，上谒求见苏秦。苏秦乃诫门下人不为通，又使不得去者数日。已而见之，座之堂下，赐仆妾之食。因而数让之，曰：“以子之材能，乃自令困辱至此。吾宁不能言而富贵子，子不足收也。”谢去之。张仪之来也，自以为故人，求益反见辱，怒，念诸侯莫可事，独秦能苦赵，乃遂入秦。苏秦已而告其舍人曰：“张仪，天下贤士，吾殆弗如也。今吾幸先用，而能用秦柄者，独张仪可耳。然贫，无因以进，吾恐其乐小利而不遂，故召辱之，以激其志，子为我阴奉之。”

由他二人的事看来，我们对于士大夫阶级，可以得到一种结论：穷则发奋，舒则苟安。

何以士大夫阶级有这种性质呢？士大夫阶级是一种中间阶级，中间阶级乃对于基本阶级而言，在古代，基本阶级为贵族与农奴，在今日为资本家与劳动者。中间阶级则站在贵族与农奴之间，亦站在资本家与劳动者之间。幸运的可以上升为贵族或资本家，不幸的则要下沉为农奴或劳动者。他们的地位是浮动的，所以他们和基本阶级不同，没有一个共同的利害关系足使他们发生阶级意识。何况他们又常常猛烈竞争，为了开拓自己的出路，不惜牺牲别人的利益，因此之故，他们更难精诚团结。总而言之，中间阶级没有阶级意识，不能精诚团结，而为一种浮动的阶级。

士大夫阶级就是中间阶级的一种，他们在经济上，站在剥削和被剥削之间，在政治上，站在支配和被支配之间。他们可以上升为支配阶级，也可以下沉为被支配阶级。因此之故，他们常常分裂为小集团，隶属于各基本阶级，成为精神的斗士，一部分为支配阶级的利益而奋斗，他部分则为被支配阶级的利益而奋斗。他们为了开拓自己的出路，固然大多数依靠于支配阶级，要求支配阶级的援助，但是他们一旦知道支配阶级不能援助自己，他们又不惜离开支配阶级，而投降于被支配阶级的革命团体之中。不过他们的地位既然站在支配和被支配之间，所以他们的投降又是不可信任的。当革命潮流高涨的时候，他们的热血固然也上升到沸点以上，但是革命的高潮过了之后，而入于最后的持久的斗争，他们又不免动摇起来。里谚说："秀才造反，三年不成"，就是因为士大夫阶级有这种性质。

我曾说过：在中国最有势力的，有两种人：一是绅士（大地主），一是流氓（没落的农民），地主可以做皇帝，流氓也可以做皇帝。至于士大夫阶级则站在二者之间，自古至今，没有一人曾做过皇帝（参看《吴用何以只能坐第三把交椅》）。所谓"大丈夫不能流芳百世，亦须遗臭万年"，这句话绝对不是士大夫阶级所能说的。试看桓温吧！他祖父名显，做过郎中，他父名彝，做过太守，当时显宦如王导、周顗、谢琨、庾亮、温峤等都是他父亲的好朋友。桓温所以名温，就是因为"生未期，而太原温峤见之，曰：'此儿有奇骨，可试使啼。'闻其声，曰：'真英物也。'彝以峤所赏，故遂名之曰温"。到了桓温年长就娶晋明帝女南康公主为妇，由他门阀看来，实是一个贵族。后以军功，官至大司马。但是温自负才力，久怀异志，曾"抚枕起曰：'既不能留芳后世，不足复遗臭万载耶。'常行经王敦墓，望之曰：‘可人可人。’其心迹若是”。所以兵败枋头之后，就想篡夺晋祚，废帝奕，而立简文帝。侥幸天不亡晋，桓温得疾而薨（《晋书·卷九十八·桓温传》）。晋虽不亡于贵族的桓温，而卒亡于流氓的刘裕。裕仅识文字，以卖履为业，好樗蒲，为乡里所贱。所以由裕的出身看来，确是一个流氓。同时与桓温齐名的，有一个殷浩，他是江东名士，为风流谈论者所宗。简文帝以“浩有盛名，朝野推服，故引为心膂，以抗于温”，拜为建武将军，参综朝权，因此，温浩二人颇相疑贰。“王羲之密说浩，令与桓温和同，不宜内构嫌隙，浩不从。”后浩北征败绩，桓温上疏弹劾，遂废为庶人。温虽怨浩，然尚说：“浩有德有言，向使作令仆，足以仪刑百揆，朝廷用违其才耳。”所以不久就想“以浩为尚书令，遗书告之，浩欣然许焉。将答书，虑有谬误，开闭者数十，竟达空函，大忤温意，由是遂绝”。由他两人的事看来，可知贵族与士人的胸襟完全不同。贵族不以“位极人臣”为满足，稍有机会，就想窥窬非望。反之，士人一旦失脚，就不惜降伏于昔日敌人之下，甘为一个尚书令。

王伦本是一个落第秀才，我们固然不能由落第秀才四字，断定王伦的人物，然却可由秀才二字，断定王伦的胸襟。士大夫的秀才最多只能做卿相，必不能做帝皇。他们不能做帝皇，不是因为他们的才干不够，乃是因为他们是中间阶级，胸襟不广，只配帮别人成大事，不配自己独立做大事，萧何帮助流氓的刘邦，范增帮助贵族的项羽，就是一个证据。

士大夫阶级只配做人臣，不配做人君。做人君的用人，用人的当能知人，不但不宜妒才，且须爱才，用别人的才，以补自己的拙，这是人君的要件。刘邦不过沛下一个亭长，有什么才干，然而他能把政权委托萧何，把军权委托韩信，而又任用张良为谋士，所以能够得到天下。桓温虽然同殷浩不和，然而后来还想拜浩为尚书令，也是因为他胸襟较大，想做皇帝。反之，为人臣的用于人，用于人的，要提高自己的地位，势不能不压低别人的地位。既要压低别人的地位，其结果常常嫉贤妒才。庞涓与孙膑的故事，便是一个例子。

> 孙膑尝与庞涓俱学兵法。庞涓既事魏，得为惠王将军，而自以为能不及孙膑，乃阴使召孙膑。膑至，庞涓恶其贤于己，疾之，则以法刑断其两足而黥之。

由秀才出身的王伦当然也有这种性质。当林冲上山之时，王伦若有大志，理应推心置腹，待以国士之礼。但是王伦竟然因为林冲武艺高强，恐怕他认破自己手段，拒绝上山，到了林冲苦苦哀求，又复以“投名状”相强；而既许入山之后，又只许林冲坐第四位（《水浒传》第十回及第十一回）。这种态度，林冲何能心服。且看刘邦吧！他任用韩信，何等痛快。

> 何（萧何）曰：“王计必欲东，能用信（韩信），信即留，不能用信，终亡耳。”王（刘邦）曰：“吾为公以为将。”何曰：“虽为将，信必不留。”王曰：“以为大将。”何曰：“幸甚。”于是王欲召信拜之。何曰：“王素慢无礼，今拜大将，如呼小儿耳，此乃信所以去也。王必欲拜之，择良日，斋戒设坛场具礼乃可耳。”王许之，诸将皆喜，人人各自以为得大将，至拜大将，乃信也，一军皆惊。

此后韩信不听蒯通的话，且说：“汉王遇我甚厚，载我以其车，衣我以其衣，食我以其食。吾闻之，乘人之车者，载人之患，衣人之衣者，怀人之忧，食人之食者，死人之事。吾岂可以向利背义乎？”是有理由的。

反之，项羽用人，据韩信说：

项王喑噁叱咤，千人皆废，然不能任属贤将，此特匹夫之勇耳。项王见人恭敬慈爱，言语呕呕，人有疾病，涕泣分食饮；至使人有功，当封爵者，印刓敝，忍不能予，此所谓妇人之仁也。

老臣范增也离开项羽而他去，不是没有原因的。

王伦因落第而竟落草，这可视为“穷则发奋”的证据。然而秀才配做什么事，所以得到梁山泊之后，就心满意足，只求保守，不求进取，连一个林冲还不敢收留，哪里配收罗天下英才，出来逐鹿中原。这可视为“舒则苟安”的证据。

士大夫阶级既然穷则发奋，舒则苟安，则国家对付士大夫的方法，当使他们不至绝望而后可。士大夫最有耐性，他们若有一线希望，宁可守株待兔，不愿背城借一。由于这个要求，就产生了科举制度。中国取士之法，本不适当，试之以辞章，按之以资格，所谓“选贤与能”之意，绝对不能达到。但是雕虫末技既然成为士大夫进身之道，士大夫当然“棘闱呵手暖，铁砚研磨穿”。“投至到云路鹏程九万里，先受了雪窗萤火十数年”，这种方法只足消磨人们的志气，何能发展人们的天才。不过志气消磨对于皇家是有利益的。因为其人既无大志，当然不会发生觊觎帝位之心，何况年年考试，尚可悬士大夫希望之心，今年落第，明年再考，明年落第，后年再考，然而光阴易逝，年复一年，他们年龄已老，意气全消，这个时候，他们虽不得志，亦只能老死牖下，绝对不能铤而走险了，这是历代贤主贤君注重科举的原因。

由潘金莲与西门庆谈到古代的婚姻问题

人类所视为最重要的，有两件事：一是食，一是色。人类为了解决食的问题，就有经济组织；为了解决色的问题，就有婚姻制度。食的问题不能解决，当然可以发生许多纠纷；色的问题不能解决，社会也不免混乱。古人说："食色天性。"古人要解决食的问题，则主张"百亩之田，勿失其时"；要解决色的问题，则主张"内无怨女，外无旷夫"。这两个问题能够解决清楚，政治便可纳上"王道"。

不但中国学者，便是欧洲学者也很重视这两个问题。柏拉图（Plato）在其《理想国》中，一方主张共产，以解决食的问题；他方主张共妻，以解决色的问题。可以视为一个证据。就是初期的社会主义如翁封汤（Fnfantin）、傅立叶（Fouriar）等辈也想同时解决食色问题。不过食的问题乃是人对物的关系，一方的人能够同意，就不必再求他方的物赞成。反之，色的问题则为人对人的关系，不但须问一方的人愿意不愿意，并用须问他方的人赞成不赞成。贾府因为薛宝钗性温和而体康健，林黛玉性乖僻而体虚弱，遂由优生学上的理由，硬使宝玉娶宝钗为妇。但是宝玉却另有一种眼光，不喜欢丰腴美满的宝钗，而喜欢弱不胜衣的黛玉。婚姻不能满意，卒致黛玉夭折，宝玉出家，宝钗守寡。由此可知纵在古代，关于色的问题，已难“越俎代庖”，何况现代人喜欢自由，更何肯听人干涉。因此之故，近来社会主义者遂专谋解决食的问题，至于色的问题，则完全委于个人自由解决。

色的问题既然委于个人自由解决，则个人当然须有解决的自由，这叫做自由恋爱。自由恋爱在古代是没有的，因为自由二字乃是资本主义社会的产物。在资本主义社会以前，社会弥漫着压制束缚的空气。人类在任何方面既然都受了束缚，当然不能同时解决。其解放的程序，由欧洲各国历史看来，可以分做四期：第一期要求思想的自由，而表现为文艺复兴；第二期要求信仰的自由，而表现为宗教改革；第三期要求经济的自由，而表现为工业革命；第四期要求政治的自由，而表现为政治革命。不过这些自由，在名义上虽为人类所共有，而在实质上，则只是男人私有。妇女也是人类，她们要求自由，并不弱于男子。一方妇女要求自由之念甚切，同时他方她们竟不能享受自由的幸福，其结果，遂使妇女只能在服装方面发挥自由。这便是妇女爱讲“时髦”的原因。

在压制束缚的社会之下，妇女最感觉苦痛的，则为强制婚姻。当时家族有两个目的：其一祭祀祖宗，其二维持财产。家族的意义既是这样，则个人当然没有独立的人格，而只视为谱牒的一个阶段。因此，婚姻不能听人自由选择，而为一种强制义务；即人们结婚非为自己而结婚，乃为家族而结婚。既为家族而结婚，则选择子女，当然须以家族的利益为第一标准，唯父兄之命是从，至于个人爱憎，绝对不生影响。

在强制婚姻之下，妇女的苦痛又比较男子为甚。因为男子对妻没有爱情，尚可蓄妾宿妓，妇女对夫没有爱情，则永久没有办法。万一妇女于婚姻之外，别求爱情，那么，不但在道德上视为罪恶，并且在法律上亦视为犯罪。何以男女对于性的问题，这样不平等呢？因为社会是男权的社会，财产是男人的财产，财产既属于男人，则男人当然想把财产留给自己亲生的儿孙，不愿把财产留给别人的儿孙。由于这个观念，遂使男人对于妇女，设法禁止其与别的男人发生性的关系。

在性的方面，男女的权利既不平等，其结果，男人不贞，遂视为当然的事，而妇女不贞即很危险。因为“淫为万恶首”，妇女不贞，夫可同她离婚，然而离婚之后，谁人敢娶。反之，夫不同她离婚，亦可于“捉奸捉双”的习惯法之下，杀死其妻。所以妇女与人通奸，无异于自戕生命。生命既甚危险，所以妇女又常拼其一命，杀死亲夫。这便是潘金莲毒鸩武大郎的原因。

据我之意，古代妇女所以毫无权利而只视为产儿的工具，乃是因为妇女在经济上不能独立。然自机器发明了之后，形势已经变更。何以呢？由机器的采用，在劳动方面，人类的精力已无必要。换言之，有了机器，便可雇用没有精力的劳动者，即雇用四肢较为柔弱的劳动者，由是女工的雇用，在机器发明之后，便成为一般的现象。从前深居于家族之内的妇女既然成为劳动者而参加生产，则直接受到影响的，自然是家族的组织。从前的人只贩卖自己的劳动力，现在他却变成了奴隶商人，把自己的妻发售于工厂。从前做丈夫的必须扶养其妻，现在他却成了使妻做工而剥削其剩余价值的人。不过有了这个变化，妇女的地位反见提高起来。她们已经不是男子的寄生虫，反而是男子的竞争者了。她们在经济上已经能够独立，获得与男子平等的地位了。男女的结合已经不像从前那样的不平等的隶属关系，而是对等者间的平等关系了。她们在经济上的地位既然同男子一样，能够独立，她们当然要求一切社会上的地位均与男子相同，由是妇女运动遂见发生，终而性的方面，也要求了恋爱的自由。

但是不管古代或现代，恋爱都以性欲冲动为原动力，而为男女的爱。即男的要拥抱女的，女的要拥抱男的，两位一体，而后成立起来的。所以在恋爱的骨髓里面，乃含有“私有权”观念，只许自己占有对方，不许对方为别人所占有，因此之故，恋爱又常成为独占的，排他的。他们俩只认对方是世上最有价值的人，好像世上除了他们两人之外，都没有价值。他们有时宁愿逃入深山，作隐遁生活，不愿栖在人世，看其他讨厌的人。因此之故，恋爱又是孤独的、厌人的。试看下等动物吧！它们在交尾期，常常不和同类相处，同类稍来接近，它们就露齿相待。由此可知恋爱绝对和博爱不同。恋爱不是博爱的基础，反而是博爱的敌人。因为恋爱有这种性质，所以双方都不许别人接近对方，也不许对方再爱别人。万一情形不对，则最后只有发挥兽性，露齿相待，这是武大郎致死的原因。

奸夫淫妇，人人皆可执而杀之，这是古代的制度，与今日之为亲告罪者不同。唯在婚姻不自由的社会，像西门庆与潘金莲之事又是免不了的，试看包公案、施公案吧！离奇的案件不是都由奸夫淫妇而发生么？但是我们须知，妇女经济不能独立，又配不上谈什么婚姻自由。出家后的娜拉，在经济上能否独立，我不能不代她关心。

快活林酒店的所有权问题

快活林酒店，果如武松所说，是施恩花钱开设的（《水浒传》第二十九回），则施恩当然有所有权。所有权受人侵害，照常理说，应该向官厅起诉。但是施恩竟然不用法律手续，而必等到武松来了之后，才假借武松的武力，把酒店夺回（《水浒传》第二十九回）。这桩事情，由现代人看来，真有一点莫名其妙。

其实，这座酒店乃和普通的酒店不同，他的生意不依靠于买卖，而依靠于垄断，凡客人、妓女到快活林时，都须先来参见施恩，施恩则把他们分配给各客店、赌坊、兑坊，而各客店、赌坊、兑坊每月则须送钱给施恩，以作报酬（《水浒传》第二十八回）。试问这种古典的托拉斯是否依仗施恩的财力？不是，第一依仗施恩的武艺，第二依仗营里有八九十个拼命囚徒（《水浒传》第二十八回）。换言之，托拉斯的基础乃放在强力之上。既然依仗强力，则有一个更强的人来了，这座酒店当然非让给他不可。

但是施恩乃是施管营的儿子，蒋门神何人？敢来强夺。“不怕官，只怕管”为《水浒传》诸好汉常说的话，难道蒋门神既不怕官，又不怕管？不，蒋门神背后也有一位官，那便是施管营的上司张团练（《水浒传》第二十八回及第二十九回）。施恩能够依仗官势，开设酒店，垄断客人，则蒋门神有一个更大的官势依仗，当然可以夺取酒店。

由于这个事实，我们可以知道所有权神圣的观念，在古代完全没有。谁有强力，谁便有财产。这里所谓强力乃包括肉体力和政治力而言。施恩开设酒店，一半由于他的肉体力，一半由于施管营的政治力。蒋门神夺取酒店，也是一半由于他的肉体力，一半由于张团练的政治力。

原始的资本蓄积就是由此而产生的。依各国经济史所示，在封建末期而至于资本主义初期，资本的蓄积依靠勤俭者少，依靠强力者多，谁有强力，谁便可取得资本。真命天子有最大的强力，所以他富有四海。看吧，武王伐纣，而即帝位之后，不是大封同姓诸侯，姬姓子弟若不狂惑，都可以成为领主，大的百里，中的七十里，小的五十里么？在中国历史上，最富的人不是王婆口中所说的邓通么（《水浒传》第二十三回）？然而邓通的财富从何而来，不是汉文帝赐以蜀岩道铜山，许其铸钱么？文帝说："能富通者在我也。"（《史记·卷一百二十五·佞幸列传》）不错，皇帝有最大的强力，当然他所喜欢的人便可成为富豪。

所有权（Dominium）的观念起源于罗马法。罗马的贵族乃以侵略为最高理想。罗马每征服一地，就将该地宣布为殖民地，而贵族则在殖民地之上获得了许多田园，以作私有地。这许多田园当然不是无主的土地，而是被征服者的土地。罗马帝国由剑戟而建设，同样Dominium亦由剑戟而设定。所以在罗马法，"剑戟乃是所有权的象征"（Das Symbol des Ergentums war Speer）。英语Dominium之含义，一为权力，二为所有权。"所有权"由"权力"而发生，由此可以知道。

所有权既已设定之后，又受政治力的保护，而使事实上的权力关系变成法律上的权利关系。既然变成权利，经过数代之后，就渐次失去暴力的色彩，而带有神圣的性质。谁敢侵犯这个权利，不但法律上要受刑罚，就是道德上也要受人毁骂。欧洲各国受了罗马法的影响，学者均视所有权为神圣不可侵犯的权利。马基维利（N.Machiavelli）主张君主专制，甚至于谓君主可以不讲信谊，而使用一切奸谋诡计；但他又说："君主绝不可侵害人民的财产。人们死了父亲，不久就会忘记；失掉财产，终身不忘。”布丹（J.Bodin）以主权属于君主，君主既有主权，所以不受法律限制，不但自己公布的法律，便是教皇制定的法律，也无妨束之高阁。但他又谓君主的权力应受自然法的拘束，例如个人的财产权是根据自然法而设置的，所以非经人民同意，不得征收租税。学说如斯，其表现于法律之上者，例如英国的《大宪章》第二十八条及第三十条既禁止官吏强取人民的粮食、器具、马匹、车辆了，而第三十九条又说：“自由民除非领主依法审判，并遵照法律规定之外，不得没收其财产。”美国的《独立宣言》虽然只云：“生命，自由及追求幸福乃上帝给予吾人的权利，不可让与。人类设置政府的目的，就是要保护这种权利”，而未曾明白提出“财产”及“所有权”的观念。然独立时代各邦所发表的权利宣言（Declaration of Rights）或权利典章（Bill of Rights）无不宣布财产及所有权为神圣的权利，不可侵犯。例如1777年Vermont的《权利典章》第二条云：“私有财产唯于必要之时，才得供为公共之用；而供为公共之用之时，对于所有主，必须给予赔偿金。”1780年Massachusetts的《权利宣言》第十条亦说：“个人的财产非经本人同意，或经人民代表同意，纵是极小部分，亦不得侵害之，或供为公共之用……若因公共需要而须征收私人财产之时，对于所有主，应给予赔偿。”法国的《人权宣言》第十七条云：“所有权为神圣不可侵犯的权利，非依法律，且系公共利益所要求，并给予适当赔偿者，不得侵害之。”自是而后，一直至1918年德国公布《魏玛宪法》之时为止，列国宪法均有保障所有权的条文。这种条文不是对人民保护个人的所有权，而是对政府保护人民的所有权。政府不得侵害人民的所有权，所以产业能够发达，社会能够进步。

反之，吾国古代以国家为皇帝的私产，“普天之下莫非王土，率土之滨莫非王臣”，土地属于皇帝，土地之上的人民也属于皇帝，因之人民劳动所得的结果遂亦属于皇帝。皇帝侵害人民的所有权，道德上虽为虐政，法律上无须负责。固然各朝律令也有保护人民财产的条文，然其所保护者乃是禁止个人侵害个人的财产，不是禁止政府侵害人民的财产。换言之，人民对于政府不能主张权利，政府要怎么样，人民就须怎么样。宋时，“徽宗颇垂意花石……政和中……舳舻相接于淮汴，号花石纲……朱缅擢至防御使东南部刺史……所贡物豪夺渔取于民，毛发不少偿。士民家一石一木，稍堪玩，即领健卒直入其家，用黄封表识，未即取，使护视之，微不谨，即被以大不恭罪。及发行，必彻屋抉墙以出，人不幸有一物小异，共指为不祥，唯恐芟夷之不速”。同时在学说之上又有“为富不仁，为仁不富”之言。这固然因为古代官僚往往利用“政治的手段”，刮索民膏，而致引起社会对于财富的反感。然而既有斯言，则人们唯勤唯俭，由自己劳力，正当获得的财富，遂亦挂上了不仁之名。白圭“薄饮食，忍嗜欲，节衣服，与用事僮仆同苦乐”。勤苦如此，倘若斥之为不仁，那么，何怪陶朱“十九年之中，三致千金，再分散与贫交疏昆弟”，以博取“富好行其德”之名。一方法律上政府不尊重个人的所有权，他方观念上社会又认财富为不仁的结果。财产不安定，资本无法蓄积，从而各种产业就不能作“扩张再生产”。生产规模一仍旧贯，而人口增加不已，社会消费力超过于社会生产力，贫穷成为普遍的现象。这个时候，若再加之以师旅，因之以饥馑，则人民受了生活压迫，势必相聚萑蒲，蝟毛而起，大则称帝称王，小则攻城剽邑，而天下遂大乱了。

好了，好了，中外的典故不必再引了。说来说去，不过证明快活林酒店的所有权，由于施恩的先占应该属于施恩罢了，蒋门神倚势豪强，公然夺去，施恩不向官厅起诉，这不是证明中国古来重王道，轻霸道，凡用强力得来的东西，都不受法律保护么？不是，绝对不是。罗马立国，约有一千余年，历史既长，贵族的Dominium当然失去劫掠的性质，而变成法律上的权利。反之，中国则朝代变更，不绝于史。周代传祚虽长，然而又因为实行农奴制度，农人对于土地，只有使用权，没有所有权，至于大地主的诸侯又复兼并不已。他们的财产显然有劫掠的色彩，所以不会发生神圣的观念。周亡之后，中国虽然破坏了农奴制度，许农民有土地所有权，然而内乱不已，朝代常常变更，农民或死于兵灾，或失去田契。所有主既然时时变更，而一般皇朝新贵又往往恃其功劳，横夺民产，则保护所有权的法律，当然也没有发达的机会。宋承五代之后，五代大乱历半世纪，当时官吏怎样劫夺财富，只看下面所引的文字，便可知道。

> 五代之乱，朝廷威令不行，藩帅劫财之风，甚于盗贼，强夺枉杀，无复人理。李匡俦为晋军所败，遁沧州，随行辎重妓妾奴仆甚众，沧帅卢彦威杀之于景州，尽取其赀（《晋纪》）。张筠代康怀英为永平节度使，怀英死，筠即掠其家赀。有侯莫陈威者，尝与温韬发唐诸陵，多得珍宝，筠又杀威而取之。筠弟篯守京兆，值魏王继岌灭蜀归，而明宗兵起，篯即断咸阳桥，继岌不得还，自缢死。遂悉取其行橐。先是王衍自蜀入京，庄宗遣宦者向延嗣杀之于途，延嗣尽得衍赀。至是明宗即位，诛宦者，延嗣亡命，篯又尽得他赀，由是筠篯兄弟皆拥赀巨万（《筠

传》)。马全节败南唐将史承裕，擒以献阙下，承裕曰：“吾掠城中，所得百万，将军取之矣。吾见天子，必诉而后就刑。”全节惧，遂杀之(《全节传》)。高允权为延州令，其妻刘景岩孙女也，景岩家于延，良田甲第甚富，允权心利之，乃诬景岩反而杀之(《允权传》)。李金全讨安州，至则乱首王晖已伏诛，金全闻其党武彦和等为乱，时劫赀无算，乃又杀而夺之(《金全传》)。张彦泽降契丹，奉德光命，先入京，乃纵军大掠，又缢死孙维翰，悉取其赀(《彦泽传》)。成德节度使董温其为契丹所掳，其牙将祕琼杀其家而取其赀。琼为齐州防御使，道出于魏，范延光伏兵杀之，以戍卒误杀闻。后延光叛而又降，挈其帑归河阳，杨光远使子承勋推之堕水死，尽取其赀(《延光传》)。杨光远后亦叛而复降，其故吏悉取其宝货名姬善马，献李守贞(《光远传》)。欧史谓琼杀温其，取其赀，延光杀琼而取之，延光又以赀为光远所杀，而光远亦不能有也。可见天道报施，虽乱世亦不爽，且多财为害，乱世尤易召祸。白再荣在镇州，劫夺从契丹之官吏，镇人谓之白麻荅。及归京师，遇周祖兵入，军士至其家，悉取其财，已而前启曰：“我辈尝事公，一旦无礼至此，何面目见公乎？”乃斩之而

去（《再荣传》）。则以人事言之，非分取财，更杀身之道也。（赵翼撰《廿二史札记·卷二十二·五代藩帅劫财之习》）

宋承五代之后，人们天天所看见的，只是劫掠与夺取，所以施恩强占快活林，蒋门神夺取快活林，时人并不奇怪。

读过民法的人当能知道“占有”须有两种要素：一是心的要素（Animns），即占有的意思；二是物的要素（Corpus），即占有的实力。有占有的意思和实力，而占有之后，又经过一定期间，则该物便成为占有者的所有物—纪元485年，魏李安世上疏求均田，且说：“又所争之田，宜限年断，事久难明，悉归今主，以绝诈妄。”这就是说凡用强力所夺的田，经过一定期间之后，悉归现所有主。在这里，“经过一定期间”，值得我们注意。区区一件东西，占有尚须过一定期间，而后才有所有权，则以天下之大，当然非占有百余年不可。唐夺隋的天下，宋夺周的天下，读史者不以为怪，而王莽夺取西汉、曹操夺取东汉，竟被后人唾骂，就是因为唐宋二代传祚数百年，而王莽不及身而亡，曹魏虽然传祚五世，然仅四十六年而亡，并且又只能占据北方数州，即其实力尚不能占有天下，所以只能视为篡夺。所谓“正统”和“篡夺”只是法律上的名词，不是道德上的名词，只唯利用物权法上的法律观念，加以解释，而后才能够说明出来。由此可知朝代更迭愈频繁，天下是谁的天下，即谁人对于天下有所有权，愈不明了，所以当时的人常缺乏“忠”的观念。唐亡之后五代仅五十三年，而五易国，八易姓，有十三君，传祚这样短促，所以冯道历事五朝八姓十一君，时人不但不以为异，且称之为宽宏长者。这不是因为士风凋敝，不知节义为何物，乃是因为朝代短促，任谁对于天下，都不能因占有而有所有权，故人也没有尊重所有权的必要，从而更没有“忠”的必要。

资本的蓄积乃是经济繁荣的条件。在欧洲，由重农，而重商，而资本主义。在中国，经济组织数千年来，一仍旧贯。这是为什么呢？欧洲在重商主义末期，发生了大发现时代，发现美洲，发现印度航线，市场扩大了，纺织品的输出大大增加了，需要超过于供给，有大量生产的必要，自1730年Wyatt（瓦特）发明Roller Spinning（纺织机）之后，纺织方面陆续有新机器的发明，一直到了1781年，瓦特又发明蒸汽机，而于1785年应用于纺织工业之上，而开始“蒸汽时代”。由于蒸汽机器之应用，纺织方面又有新的发明，而至于1841年Bullough发明Improved Power Loom（改进动力织机）为止。按机器的发明乃由于社会的需要，没有需要，纵有发明，人们不但不采用，而且视之为异端。1529年Anton Mürler已经发明纺织机，只因当时手工纺织已可供给社会的需要，所以世人群起攻击Mürler，而Mürler竟因是而死于刑狱。吾国古代虽然侵服四夷，而四夷尽是游牧民族，他们不需要中国生产物，尤其纺织品，即如中行说（姓中行，名说）所说："匈奴得汉絮缯，以驰草棘中，衣裤皆裂弊，以视不如旃裘坚善也。"（《汉书·卷九十四上·匈奴传》）而中国自古以来，商业发达之后，常常依着"以末得之，以本守之"的原则，向农村兼并土地，农民驱出农村之外，沦为流民，劳动力遂感觉过剩。社会已贫穷了，消费力已经减低，劳动力又复过剩，倘若采用机器，则过剩的劳动力更没有工作的机会，所以礼有"作奇技奇器以疑众，杀"（《礼记·王制》）。诸葛亮发明木牛流马以运粮，乃因蜀国人口不过九十余万（《通典·卷七·历代盛衰户口》）之故。

在中国，资本的蓄积不能由封建的农业经济发展为资本主义的工业经济，贫穷日益增加，生产日益减少，于是中国遂以节俭为一种最高的道德原理，不但圣贤教人节俭，就是皇帝也以节俭治天下。这种情形若和欧洲封建末期的各国王室崇尚奢侈比较一下，实有天壤之别。当然他们的奢侈生活也有特别的用意，封建末期正是资本主义方才萌芽，封建诸侯将次没落的时代，而贵族的奢侈则对于产业发展和中央集权都有利益。何以呢？贵族奢侈，不但可以增加商业的利润，并且可使贵族破产，使他们在经济上，隶属于国王的财政和商人的借债。因此，当时商人和国王无不极力鼓吹奢侈，有时且示以实例。这样一来，在第十五世纪时代，遂发生了一种现象，即宫廷若不奢侈，则君主的统治不能维持。无限的奢侈必要求无限的金钱，到了最后，君主自己的财政也发生了破绽，须向商人求助，于是商人遂以纳税问题，与君主冲突，终则设置议会，监督君主的财政，这便是代议制度发生的原因。我说这话，不是要说明民主政治与奢侈的关系，乃是要说明欧洲和中国虽然都有资本的蓄积，然而在欧洲，资本的蓄积能够促进资本主义的发展，所以不怕奢侈，反之，在中国，资本的蓄积只能剥削农村，而减少消费力，致资本主义无从产生，所以不能不崇尚节俭。

在资本主义尚未发生以前，要想储财，须用残酷的方法，其最有力的，则为政治的剥削和高利贷的刮索。这种情形当然可以引起人们反感，终而嫉视储财本身。“为富不仁，为仁不富”为中国古代的名训。这个名训的确不错。到了资本主义发生之后，储财才失去赤裸裸的残酷的色彩，而视为勤俭所致。“原始的资本蓄积”这句话，由资本主义高度发达的欧洲人看来，或者莫名其妙，而由我们中国人看来，则史上有不少的例子可以证明。看吧！施恩用武力开设酒店，蒋门神用武力夺取酒店，这便是“原始的资本蓄积”的实例。

九天玄女与三卷天书的来源

“一治一乱”是中国的社会史，“合久必分，分久必合”是中国的政治史。

中国的经济以农业为主，手工业副之，数千年来，技术未曾改良，然而人口是会增加的，收获是会递减的，所以数传之后，消费力就超过于生产力，引起物价尤其米价的腾贵，致全国陷入饥荒之中，初则土匪逼地，次则群雄割据，终则政权颠覆。

秦承六国之后，当时户口并不甚多，只因始皇虐用其民，致令“海内之士，力耕不足粮饷，女子纺织不足衣食”。“三十一年米石千六百”，这比之战国李悝所言“石三十”，昂贵多了。管子有言：

> 凡治国之道必先富民，民富则易治也，民贫则难治

也。奚以知其然耶，民富则安乡重家；安乡重家，则敬上畏罪；敬上畏罪，则易治也。民贫则危乡轻家；危乡轻家，则敢陵上犯禁；陵上犯禁，则难治也。故治国常富，而乱国常贫，善为国者必先富民，然后治之。（《管子·第四十八篇·治国》）

果然，“民愁无聊，亡逃山林，转为盗贼”。而始皇一死，天下就随着大乱。汉兴，依黄老主义，予民休息，宣帝时代，谷石五钱。承平日久，平帝之时，全国人口增加至五千九百五十九万余（《汉书·卷二十八下之二·地理志》）。元帝时代，“京师谷石二百余，边郡四百，关东五百，四方饥馑”，所以元帝时代，“民父子相弃”，成帝时代，“百姓饥饿，流离道路”，哀帝时代，“民流亡去城郭，盗贼并起”，王莽遂乘社会摇动之际，窃取帝位。然王莽改革又不得法，最初谷价一石二千，末年黄金一斤易粟二斛，“四方皆以饥寒穷愁，起为盗贼”，光武中兴，桓帝时，人口有五千六百余万（《晋书·卷十四·地理志上》），然自安帝时始，已经“天下饥荒，竞为盗贼”了。黄巾大乱，群雄争竞，最后分为三国。晋于太康元年平吴，人口不过一千六百余万（《晋书·卷十四·地理志上》），比之两汉，相差远了。然而惠帝即位，由于八王之乱，民不安居，“米石万钱”，怀帝时，“米斛万余价”，愍帝时，“斗米二金”。大众受了贫穷的压迫，只有流移就谷，开始逃亡，卒由流民作乱，引起五胡乱华，而晋室只能偏安江左。晋亡之后，中国分为南北朝，南北政局均不安定，百姓多投附豪族，求其荫庇，或投身军队，以求衣食，所以南北朝政治虽然腐化，却罕见暴民作乱，而只见军阀火并。隋兴，虽然结束了南北对峙之局，炀帝大业五年，人口有四千六百余万，比之两汉，不能谓多，只因“骄怒之兵屡动，土木之功不息”。“劳役不息，百姓思乱”，而又加之以饥馑，百姓“由是益困，初皆剥树皮以食之，渐及于叶，皮叶皆尽，乃煮土或捣藁为末而食之，其后人乃相食”（《隋书·卷二十四·食货志》），所以李勣才说：“天下之乱本于饥。”隋亡之后，李唐代兴，在其全盛时代，天宝十三载，人口共五千二百八十八万（《唐会要·卷八十四·户口数》）。翌年，安禄山反于范阳。在其未反以前，即天宝五载，米斗之价钱十三，青齐间斗才三钱；安史乱后，继以军阀争夺地盘，民不安居，米价竟然踊跃起来。肃宗乾元二年，米斗至七千。代宗永泰元年，米斗千钱，诸谷皆贵，一直到了懿宗，“奢侈日甚，用兵不息，赋敛愈急，关东连年水旱，百姓流殍，相聚为盗，所在蜂起”。僖宗即位，“乾符中，仍岁凶荒，人饥为盗”，由是先由王仙芝发难，“黄巢亦聚众数千人，以应王仙芝，民之困于重敛者争归之”。中和四年黄巢兵败伏诛，而秦宗权之乱又复发生。一般农民不能安居，只有离开农村，由是生产力大见锐减，“米斗三十千，人相食”，“食物踊贵，道殣相望，饥骸蔽地”。三年，那称为“扬一益二”的扬州，米斗万金。所以郑畋说：“黄巢之乱本于饥，故兴江淮，根蔓天下。”天下纷乱，大众失业，军阀遂收之以为私兵，终由方镇火并之乱，而令黄巢部下的朱全忠窃取了帝位。

五代之世，政局变化有似弈棋，经后周世宗的改革，中国又有统一与和平的希望了，世宗即位，不过五年。陈桥兵变，宋太祖入践帝位，太宗继之，经两代的努力，天下才归统一。然真宗以后，太平日久，耽于苟安，政风士气多务因循。太宗时，“人稀米贱，米一斗十余钱，其后人益众，物益贵。熙宁八年，米斗五十钱”，而币制混乱。北宋徽宗时已有方腊之乱。南宋时，“气象萧条，殍死盈道，流民充斥，剽掠成风”，终至亡于蒙古。元代，在世祖忽必烈时代，人口有五千三百六十五万余，虽比两汉为少，而比唐代至盛之世为多，只因赋敛繁重，民不聊生。又因元代不用钱币，而用交钞，库中没有本钱，交钞不断滥发，而亦不断跌价。泰定帝时，“斗米值十三缗，民出钞出籴，稍昏，即不用”。通货膨胀之弊，可怕极了。传至顺帝，年年饥荒，甚至发生“人相食”，“殍死盈道，军士掠孱弱者以为食”的现象。于是遂激起了民变，九土靡沸，卒至顺帝北归和林，元祚随之而亡。

元亡，明兴，明在成祖时代，全国人口有六千六百五十九万余，其后时有增减，亦常在五千万以上。明代每帝即位，常铸钱币，然“商贾沿元之旧习，用钞，多不便用钱”。又因钞法纷乱，嘉靖年间，“钞久不行，钱亦大壅，益专用银矣”。明之米价若以银为标准，永乐年间，“每银一两当米四石”。景泰中，“粮四石折白银一两”。即一两四石乃是明代的正常米价。正德以后，米价渐贵，米石值银一两，即增加四倍，后又增至十之五。崇祯四年，米斗四钱，即一石值银四两，比之永乐景泰年间，米价已增高到十六倍了。中年以后，“山东米石二十两，而河南乃至百五十两”。贫穷已经普遍化了，于是明代遂同过去朝代一样，发生了许多流寇，最后就有马贼高迎祥之乱，“官军东西奔击，贼或降或死，旋灭旋炽”。官军难于应付，米脂人李自成、延安人张献忠亦聚众反，时“河南大旱，斛谷万钱，饥民从自成者数万”。自成剽掠十余年，田园破坏，大众失业，朝廷为了讨伐盗匪，不能不集兵增赋，崇祯曾言：“不集兵，无以平寇，不增赋，无以饷兵。”然其结果，“敲扑日峻，道路吞声，民至卖妻鬻子以应”，弄到“兵闻贼而逃，民闻贼而喜”。自成遂犯燕京，崇祯登煤山，自缢而死，明亡。

吾人观过去历史，可知中国之乱皆源于饥馑，而引起流民暴动。然在流民暴动之时，不能不有一种信仰，以结合人心，并使人民发生勇气，知政府之必覆亡，这样，又发生了宗教。在吾国，政府是反宗教的，南北朝时期，帝王所以信服佛教，乃是因为佛教以涅槃为其根本目的，而涅槃则要脱离尘世，这与政治之注重现世者不相抵触。

现在再举历史为例，证明宗教与民变的关系。秦承六国大乱之后，天下平定，理应予民休息，而始皇乃外事四夷，内兴土木，“民愁无聊，亡逃山林，转为盗贼，赭衣半道，断狱岁以千万计”，人心思乱，理之当然。但是始皇虽为暴君，而仍不失为一位英主，其专制魔力确能压服了民众的灵魂，使他们不敢反抗。人民悲观至极，竟然失去胆量，失去自信力，自视为软弱无能的动物。他们只希望有个万能的神出来拯救他们。而拯救的方法则为秦亡或始皇死。所以始皇末年社会上乃传播秦亡或始皇死的图谶。此盖人心思乱，故乃假托神怪，以惑乱人心。

（始皇）三十二年……燕人卢生使入海还，以鬼神事，因奏录图书，曰“亡秦者胡也”。（《史记·卷六·秦始皇本纪》）

（始皇）三十六年……有坠星下东郡，至地为石，黔首或刻其石曰“始皇帝死而地分”。（同上）

（始皇）三十六年……使者从关东夜过华阴平舒道，有人持璧遮使者曰：“为吾遗滈池君。”因言曰：“今年祖龙死。”使者问其故，因忽不见，置其璧去。使者奉璧具以闻。始皇……使御府视璧，乃二十八年行渡江所沉璧也。（同上）

三十七年七月始皇果然死于沙丘了，而继统的二世又复庸懦。庸懦的人终日都在恐怖之中，他要避免恐怖，每欲示强，不愿见弱于人，由是又袭始皇的作风，做出种种不正当的行为，先杀大臣与宗室，次杀无辜的人民。人民失望，遂由戍卒陈胜、吴广的起义，用罾鱼狐鸣之法，以鼓励戍卒的勇气，天下莫不响应，“县杀其令丞，郡杀其守尉”，而秦祚因之而亡。果然是“亡秦者胡也”，但不是亡于匈奴之“胡”，而是亡于胡亥之“胡”。秦亡汉兴，社会安定约有一百余年，贾谊曾谓“民不足而可治者，自古及今，未之闻也”。晁错亦说：

> 民贫则奸邪生，贫生于不足，不足生于不农，不农则不地著，不地著则离乡轻家。民如鸟兽，虽有高城深池，严法重刑，犹不能禁也……夫腹饥不得食，肤寒不得衣，虽慈母不能保其子，君安能以有其民哉。

民如鸟兽流散四方，他们流亡之后，如何生活呢？只有变为盗匪，而盗匪发生之后，其最先劫掠的，往往不是城市中的豪富，而是乡村中的殷农。殷农既遭劫掠，于是流民又将流民“再生产”出来了。成帝时代已有小股小寇。哀帝时代，“盗贼并起，或攻官寺，杀长吏”。人心动摇，仍用宗教集团的形式，而思有所动作。

> （哀帝）建平四年春大旱，关东民传行西王母筹，经历郡国，西入关，至京师，民又会聚祠西王母，或夜持火上屋，击鼓号呼相惊恐。（《汉书·卷十一·哀帝纪》）

同时又发生许多图谶，宣告汉运将终，新朝当起。

> （哀帝建平）二年……夏贺良等言赤精子之谶，汉家历运中衰，当再受命，宜改元易号。诏……以建平二年为太初元将元年，号曰陈圣刘太平皇帝。（《汉书·卷十一·哀帝纪》）

王莽遂乘人心浮动之际，造作符命，夺取汉的天下。然而王莽的改革又不妥当，“富者不能自保，贫者无以自存”。兼以“常困枯旱，亡有平岁，谷价翔贵”，人心思汉，终而有“刘氏复起”及“黄牛白腹，五铢当复”之图谶，而令光武中兴了汉家天下。

光武中兴，经过数代之后，政治渐次腐化，而如王符所说：“官益大者罪益重，位益高者罪益深”（《潜夫论·第九篇·本政》），而诸羌作乱，“大为民害，中国益发甲卒，麦多委弃，但有妇女获刈之也”。农村劳动力减少，农业生产力降低，因之粮食就发生了问题，社会经济已经步步踏上崩溃之途，于是由穿窬变为强盗，由强盗变为攻盗，攻盗成群，其声势最大者则为黄巾贼张角，他“奉事黄老道，符水咒说以疗病，病者颇愈，百姓信向之”。黄巾发难，“执老道，称大贤，以诳惑百姓，天下襁负归之”，虽然一年之内，就见平定，然黄巾之后，复有黑山、黄龙、白波、左校……之徒，并起山谷间，天下为之疲敝，“百姓歌曰天下大乱兮，市为墟，母不保子兮，妻失夫”。此时也，宦官与外戚的斗争到了最后阶段，固然两败俱伤，而凉州军阀董卓乃拥兵而入，封豕长蛇，凭陵宫阙，遂成板荡之祸，东汉政权完全崩溃，州郡牧守各务兼并，于是统一局面又告结束，代之而出现的则为三国的分立。

由三国经晋而至南北朝，争乱不已，贫穷日益增加，官僚日益剥削，国家日益危殆，蛮族日益压迫，这种情形当然可使许多人悲观。人们讨厌现在，而回想过去，且认过去为黄金时代，明清的人回想汉唐，汉唐的人回想殷周，殷周的人回想唐虞，愈是过去，他们愈觉得可爱，最好是回归到洪荒时代，所以春秋末季，虽然有不少学者为了悲天悯人，提出各种学说，拯救人类。然而他们无不选择一位过去的伟人，来做他们的护神，道家假托黄帝，儒家假托尧舜，许行假托神农，这种情形表示什么呢？表示人类失去信心，自己不能拯救自己，所以希望过去伟人再生于现代，Messiah的观念不是犹太人才有的。到了魏晋以后，连这种观念都没有了。人们鄙视人生，甚且渴望死亡，他们失去胆量，自视为软弱无能的动物。他们希望有万能的神出来拯救他们。然而一切宗教不外地上权力反映于人类的脑袋，由幻想作用而创造出来的东西。他们的国家不能拯救他们，他们的皇帝不能拯救他们，他们的学者不能拯救他们。总而言之，他们固有的天上权力对于他们都无办法，因之，他们固有的天上权力—神，也不能受到他们的崇拜，甚至怀疑自己的神。他们很欢迎那个为外国人崇拜而未为本国人崇拜过的神。中国经五胡乱华之后，舶来的佛教就在南北朝流行，不是没有原因的。然而南北朝大乱垂一百五十年之久，而佛教竟如“银样镴枪头”。人们绝望之余，又希望一个特别的神出来拯救。由于这种希望，在北魏后期，就有“将来有弥勒佛方继释迦佛而降世”之言。

隋文肇兴，结束了南北朝纷乱之局。炀帝即位，虐用其民，群盗蜂起，群盗是用弥勒佛的名义，以诱惑百姓的。

> 大业六年正月，有盗数十人，皆素冠练衣，焚香持华，自称弥勒佛，入自建国门，监门者皆稽首。既而夺卫士仗，将为乱，齐王暕遇而斩之，于是都下大索，与相连坐者千余家。

据胡三省解释："释氏之说，以为释迦佛衰谢，弥勒佛出世，故盗称之以为奸。"（《资治通鉴·卷一百八十一·隋纪·炀帝大业六年》胡三省注）弥勒代替释迦，天上权威变更了，地上皇朝自宜改换，"群盗为奸，遂皆以弥勒为幌"。

> 唐县人宋子贤善幻术，能变佛形，自称弥勒出世，远近信惑，遂谋因无遮大会举兵袭乘舆。事泄伏诛，并诛党与千余家。扶风桑门向海明亦自称弥勒出世，人有归心者辄获吉梦，由是三辅人翕然奉之，因举兵反，众至数万。海明自称皇帝，改元白乌。诏太卿仆杨义臣击破之。

隋亡，唐兴，唐代之乱，在内由于宦官弄权，在外由于方镇跋扈，虽有王仙芝、黄巢之乱，但是他们两人未曾假托迷信，而均指斥时弊。王仙芝"言吏贪沓，赋重，赏罚不平"。黄巢"诉宦竖柄朝，垢蠹纪纲，指诸臣与中人赂遗交构状，铨贡失才"，此皆"当时极敝"，所以"人士从而附之"。

五代之乱远过于南北朝，南北朝时，南北分立，南北双方均有统一的政权。五代之世，北方虽然统一，南方则分为许多国家，而北方的统一又不巩固，区区七十余年之中，易朝五次，到了后周，官民俱惫，民惫思治，官惫不能再乱。一方思治，他方不能再乱，因之，乱源的宗教就无法号召贫民，而不出现于历史之上。宋兴，外受蛮族的压迫，内有朋党的斗争，传至徽宗，垂意花石，“比屋致怨”，方腊“因民不忍”，宣和二年起为乱，“无弓矢介胄，唯以鬼神诡秘事相扇试”，不旬日聚众至数万，竟破六州五十二县，戕平民二百万，“凡得官吏，必断脔支体，探其肺肠，或熬以膏油，丛镝乱射，备尽楚毒，以偿怨心”（《宋史·卷四百六十八·方腊传》），是亦利用宗教，以诱惑民心。南宋偏安江南，固然政治腐化，经济破产，只因当时人士深鉴唐末五代之弊，而北宋方腊之乱，又促成金之南侵，人民为了对付金人，遂忍辱含垢，不做革命运动。

宋亡，元兴，顺帝至元三年胡闰儿反，以烧香惑众，妄造妖言作乱，人执弥勒小旗（《元史·卷三十九·顺帝二》）。至正十一年韩山童倡言天下大乱，弥勒下生，各地愚民皆翕然信之，是亦假弥勒佛之名，号召民众。

明代自宪宗以后，天子深居宫中，不与朝臣相见，因之，就令阉人有弄权的机会，嘉靖年间，山西贼李福达以弥勒教诱惑愚民为乱。天启年间，徐鸿儒以白莲教惑众作乱，其徒党不下二百万。此又可以证明历代乱民无不利用宗教。清代嘉庆年间有白莲教之乱，天理教之乱。同治年间又有捻匪之乱。此外如太平天国亦利用天父之名，义和团复谓符咒可以避免枪炮。宗教之在中国，不能安定社会，反而供为暴民作乱的工具，此盖古代没有一种主义，以结合人心，而社会又是农业社会，农民散处各地，不易团结，非用迷信之法，固不能纠合群众，这就是《水浒传》中九天玄女与三卷天书的来源。

但是宗教只能扰乱天下，要令社会复归于安定，尚需要一位卓越的领袖，好像《西游记》中孙悟空要求观世音菩萨援助一样。这个观世音菩萨在中国政治史之上，就是“真命天子”的观念，真命天子的诞生，状貌是异于常人，而又有许多奇迹，即人们把“神”的性质加在人的身上，其人就变成真命天子。其实，真命天子的“神”性是由一般人民的“羊”性而发生。现在试将正史上关于历代太祖高皇帝的神话，列表如次，以供读者参考。

历代创业之主神话表

朝代	皇帝	诞生	状貌	奇迹	备考
西汉	高祖刘邦	母刘媪尝息大泽之陂，梦与神遇，是时雷电晦冥，太公远视，时见蛟龙于其上，已而有身，遂产高祖。	为人隆准而龙颜，美须髯，左股有七十二黑子。	常从王媪、武负贳酒，醉卧，武负、王媪见其上常有龙，怪之。 高祖以亭长为县送徒骊山，到丰西泽中，高祖被酒，夜经泽中，前有大蛇当径，高祖拔剑击斩蛇。有一老妪夜哭，人问何哭，妪曰：“吾子白帝子也，化为蛇，当道，今为赤帝子斩之，故哭。”人乃以妪为不诚，欲笞之，妪因忽不见。 高祖隐于芒砀山泽岩石之间，吕后与人俱求，常得之，高祖怪问之，吕后曰：“季所居，上常有云气，故从往，常得季。”	《史记·卷八·高祖本纪》,参阅《汉书·卷一上·高帝纪》。

续表

朝代		皇帝	诞生	状貌	奇迹	备考
东汉		光武帝刘秀		身长九尺三寸，美须眉，大口，隆准，日角。	宛人李通等以图谶说光武云：“刘氏复起，李氏为辅。”王莽末，光武尝与兄伯升及邓晨俱之宛，与穰人蔡少公等宴语。少公颇学图谶，言刘秀当为天子。或曰：“是国师公刘秀乎？”光武戏曰：“何用知非仆邪？”坐者皆大笑。	《后汉书·卷一上·光武帝纪》，《卷四十五·邓晨传》。
三国	魏	武帝曹操				曹操未即大位，终身称臣。

续表

朝代		皇帝	诞生	状貌	奇迹	备考
三国	魏	文帝曹丕	帝生时有云气青色，而圜如车盖，当其上终日。望气者以为至贵之证，非人臣之气。		初，汉熹平五年黄龙见谯（丕生于谯），光禄大夫桥玄问太史令单飏：“此何祥也。”飏占曰：“其国后当有王者兴。”	《魏志·卷二·文帝纪》及注引《魏书》。
	蜀	昭烈帝刘备		身长七尺五寸，垂手下膝，顾自见出耳。	舍东南有桑树，生高五丈余，遥望见童童如小车盖，往来者皆谓此树非凡，或谓当出贵人。先主少时与宗中诸小儿于树下戏，言“吾必乘此羽葆盖车”。叔父子敬谓曰：“汝勿妄语，灭吾门也。”	《蜀志·卷二·先主传》。
	吴	大帝孙权		方颐大口，目有精光。		《吴志·卷二·孙权传》。

续表

朝代		皇帝	诞生	状貌	奇迹	备考
	晋	宣帝司马懿		魏武闻帝有狼顾相，欲验之，乃召使前行，命反顾，面正向后而身不动。	魏武尝梦三马同食一槽，甚恶焉，因谓太子丕曰："司马懿非人臣也，必预汝家事。"	《晋书·卷一·宣帝纪》，司马懿未即帝位，因司马之得天下，肇基于懿，故述之。
		武司帝马炎		发委地，手过膝，非人臣之相。		《晋书·卷三·武帝纪》。

续表

朝代			皇帝	诞生	状貌	奇迹	备考
南北朝	南朝	宋	武帝刘裕	帝以三月壬寅夜生，神光照室尽明，是夕甘露降于墓树。	身长七尺六寸，风骨奇伟。	尝游京口竹林寺，独卧讲堂前，上有五色龙章，众僧见之，惊以白帝，帝独喜曰："上人无妄言。"行止时见二小龙附翼，樵渔山泽，同侣或亦睹焉。及贵，龙形更大。帝素贫，伐获新洲，见大蛇长数丈，射之伤。明日复至洲里，闻有杵臼声，往觇之，见童子数人皆青衣，于榛中捣药。问其故，答曰："我王为刘寄奴所射，合散傅之。"帝曰："王神何不杀之？"答曰："刘寄奴王者不死，不可杀。"帝叱之，皆散。	《南史·卷一·宋武帝纪》。

续表

朝代			皇帝	诞生	状貌	奇迹	备考
南北朝	南朝	齐	高帝萧道成		姿表英异，龙颡钟声，长七尺五寸，鳞文遍体。	旧宅在武进县，宅南有一桑树，擢本三丈，横生四枝，状似华盖。帝年数岁，好戏其下，从兄敬宗曰："此树为汝生也。"	《南史·卷四·齐高帝纪》。
		梁	武帝萧衍	张皇妣尝梦抱日，已而有娠，遂产帝。	状貌殊特，日角龙颜，重岳虎顾，舌文八字，项有浮光，身映日无景，两胯骈骨，项上隆起，有文在右手曰"武"。	所居室中，常若云气，人或遇者，礼辄肃然。	《南史·卷六·梁武帝纪》。
		陈	武帝陈霸先		身长七尺五寸，日角龙颜，垂手过膝。	尝游义兴，馆于许氏，梦天开数丈，有四人朱衣捧日而至，纳之帝口，及觉，腹内犹热。	《南史·卷九·陈武帝纪》。

续表

朝代			皇帝	诞生	状貌	奇迹	备考
南北朝	北朝	北魏	道武帝拓跋珪	母因迁徙，游于云泽。寝梦日出室内，寤而见光，自牖属天，欻然有感。生帝于参合陂北，其夜复有光明。	帝弱而能言，目有光曜，广颡大耳。		《北史·卷一·魏道武帝纪》。
		北齐	神武帝高欢		目有精光，齿白如玉。	尝乘驿过建兴，云雾昼晦，雷声随之，半日乃绝，若有神应者。又尝梦履众星而行，觉而内喜。	《北史·卷六·齐神武帝纪》。高欢未即帝位，因齐之建国，肇基于欢，故述之。

续表

朝代		皇帝	诞生	状貌	奇迹	备考
南北朝	北齐	文宣帝高洋	武明太后初孕帝，每夜有赤色照室。	黑色大颊兑下，鳞身重踝。	有沙门乍愚乍智，时人不测，呼为阿秃师。太后召见诸子，历问禄位。至帝，再三举手指天而已，口无所言，见者异之。神武尝从诸子过凤阳门，有龙在上，唯神武与帝见之。	《北史·卷七·齐文宣帝纪》。
	北周	文帝宇文泰	母曰王氏，初孕五月，夜梦抱子升天，才不至而止。寤以告德皇帝。德皇帝喜曰："虽不至天，贵亦极矣。"帝生而有黑气如盖，下覆其身。	身长八尺，方颡广额，美须髯，发长委地，垂手过膝，背有黑子，宛转若龙盘之形，面色紫光，人望而敬畏之。		《北史·卷九·周文帝纪》。宇文泰未即帝位，因周之建国，肇基于泰，故述之。

续表

朝代	皇帝	诞生	状貌	奇迹	备考
隋	文帝杨坚	皇妣吕氏生高祖于冯翊般若寺，紫气充庭。	为人龙颜，额上有五柱入顶，目光外射，有文在，手曰“王”。	皇妣生高祖，有尼来自河东，谓皇妣曰：“此儿所从来甚异，不可于俗间处之。”尼将高祖舍于别馆，躬自抚养。皇妣尝抱高祖，忽见头上角出，遍体鳞起，皇妣大骇，坠高祖于地。尼自外入见，曰：“已惊我儿，致令晚得天下。”	《隋书·卷一·高祖纪》。
唐	高祖李渊		体有三乳。	初，高祖（隋文帝）梦洪水没都城，意恶之，故迁都大兴（开皇三年迁新都）……会有方士安伽陁言李氏当为天子，劝帝（炀帝）尽诛海内凡李姓者。	《新唐书·卷一·高祖纪》，《资治通鉴·卷一百八十二隋文帝大业十一年》。

续表

朝代		皇帝	诞生	状貌	奇迹	备考
唐		太宗李世民	生于武功之别馆，时有二龙戏于馆门之外，三日而去。		年四岁，有书生自言善相，谒高祖，见太宗，曰："龙凤之姿，天日之表，年将二十，必能济世安民矣。"高祖惧其言泄，将杀之，忽失所在，因采济世安民之义，以为名焉。	《旧唐书·卷二·太宗纪》。
五代	梁	太祖朱晃	生于砀山县午沟里，是夕，所居庐舍之上有赤气上腾，里人望之，皆惊奔而来，曰："朱家火发矣。"及至，则庐舍俨然。既入，邻人以诞孩告，众咸异之。		未冠而孤，母携养寄于萧县人刘崇之家。崇母自幼怜之，尝诫家人曰："朱三非常人也，汝辈当善待之。"家人问其故，答曰："我尝见其熟寐之次，化为一赤蛇。"然众亦未之信也。	《旧五代史·卷一·梁太祖纪》。

续表

朝代		皇帝	诞生	状貌	奇迹	备考
五代	唐	武皇李克用	在妊十三月，载诞之际，母艰危者竟夕。族人忧骇，市药于雁门，遇神叟告曰：“非巫医所及，可驰归，尽率部人被甲持旄，击钲鼓，跃马大噪，环所居三周而止。”族人如其教，果无恙而生。是时虹光烛室，白气充庭，井水暴溢。		新城北有毗沙天王祠，祠前井一日沸溢，武皇因持卮酒而奠曰：“予有尊主济民之志，无何井溢，故未察其祸福，惟天王若有神奇，可与仆交卮谈。”奠酒未已，有神人被金甲持戈，隐然出于壁间，见者大惊走，惟武皇从容而退。	《旧五代史·卷二十五·唐武皇纪》。李克用未即帝位，因唐之建国肇基于克用，故述之。

续表

朝代		皇帝	诞生	状貌	奇迹	备考
五代	唐	庄宗李存勗	妊时，曹后尝梦神人，黑衣拥扇，夹侍左右。载诞之辰，紫气出于窗户。			《旧五代史·卷二十七·唐庄宗纪》。
	晋	高宗石敬瑭	生时有白气充庭，人甚异焉。			《旧五代史·卷七十五·晋高祖纪》。
	汉	高祖刘知远		面紫色，目睛多白。		《旧五代史·卷九十九·汉高祖纪》。

续表

朝代		皇帝	诞生	状貌	奇迹	备考
五代	周	太祖郭威	载诞之夕，赤光照室，有声如炉炭之裂，星火四迸。		初，圣穆皇后嫔于帝，帝方匮乏，而后多资从。尝昼寝，有小虺五色出入颧鼻之间，后遽见，愕然。在太原时，有神尼与帝同姓，见帝，谓李琼曰：“我宗天上大仙，顶上有肉角，当为世界主。”所居官舍之邻吴氏，有青衣佳娘者，为山魈所魅，鬼能人言，而投瓦石，邻伍无敢过吴氏之舍者。帝过之，其鬼寂然，帝去如故，如是者再。或谓鬼曰：“尔既神，向者客来，又何寂然？”鬼曰：“彼大人者。”由是军中异之。	《旧五代史·卷一百一十·周太祖纪》。

续表

朝代	皇帝	诞生	状貌	奇迹	备考
宋	太祖赵匡胤	生于洛阳夹马营，赤光绕室，异香经宿不散。体有金色，三日不变。		世宗在道，阅四方文书，得韦囊，中有木三尺余，题云："点检作天子"，异之。时张永德为点检，世宗不豫，还京师，拜太祖检校太傅、殿前都点检，以代永德。	《宋史·卷一·太祖纪》。
元	太祖铁木真	生时，手握凝血如赤石。			《元史·卷一·太祖纪》。

续表

朝代	皇帝	诞生	状貌	奇迹	备考
	太祖朱元璋	母陈氏方娠，梦神授药一丸，置掌中有光，吞之，寤，口余香气。及产，红光满室。自是夜数有光起，邻里望见，惊以为火，辄奔救，至则无有。		年十七，父母兄相继殁，孤无所依，乃入皇觉寺为僧。逾月，游食合肥。道病，二紫衣人与俱，护视甚至。病已，失所在。	《明史·卷一·太祖纪》。

这种神权观念可远溯于远古。盖一个朝代成立既久，帝室便有权威，复由权威而发生正统观念，正统观念乃基于神权思想。在民智幼稚之时，推翻神权思想所维护的王朝，必须利用另一个神权观念，而谓新王朝之建立亦由上帝所命。《诗经》云：

天命玄鸟，降而生商，宅殷土芒芒，古帝命武汤，正域彼四方。（《诗经·商颂·玄鸟》）

即汤之祖先—契，乃是神祇之子。汤之伐桀，在誓师之时，必曰“非台小子敢行称乱，有夏多罪，天命殛之”，“夏氏有罪，予畏上帝，不敢不正”（《尚书·汤誓》），在其凯旋之时，必曰“敢用玄牡，敢昭告于上天神后，请罪有夏”（《尚书·汤诰》），甚至伊尹还政于太甲之时，还要说：“夏王弗克康德，慢神虐民，皇天弗保。”（《尚书·咸有一德》）《诗经》又云：

时维后稷……诞寘之隘巷，牛羊腓字之。诞寘之平林，会伐平林。诞寘之寒冰，鸟覆翼之。鸟乃去矣，后稷呱矣。（《诗经·大雅·生民》）

即周之祖先—后稷也是神祇之子，而武王伐纣亦秉承上帝之命。吾人观《尚书》所载，例如，“商罪贯盈，天命诛之，予弗顺天，厥罪惟钧”（《尚书·泰誓上》），“惟受（纣名）罪浮于桀……天其以予乂民”（《尚书·泰誓中》），“上帝弗顺，祝降时丧，尔其孜孜，奉予一人，恭行天罚”（《尚书·泰誓下》）。“今予发，惟恭行天之罚”（《尚书·牧誓》），“予小子……敢祗承上帝，以遏乱略”（《尚书·武成》），就可知道。

这当然只是神话，然此神话乃以武力为基础，而既出于皇帝之口，世人遂深信不疑。由此可知，凡得天下的，又常得到另一种权力，即编纂历史的权，吾人试称之为编史权。史官对于皇帝难免多写好的，少写坏的，于是好的遂掩盖了坏的。亭长的刘邦，卖草鞋的刘裕，流寇的朱温，和尚的朱元璋，如果不登帝位，哪会有许多奇迹。玄武门之役，唐太宗如果失败，则唐代历史必与吾人今日所读者不同。由此可知争天下者不但争一时之富贵，且争编史的权，借此以取得永久的名誉。生则红光满室，貌则隆准龙颜，死则大雨滂沱，天亦落泪，人乎神乎，神乎人乎，完全在于成功或失败。成则为王，具有神圣的品格，败则为寇，必不脱流氓的本性，吾人观“二十五史”，可以深知此中味道。

由宋江的家族关系说明中国古代的政治

在宋江尚未落草以前，因为“做吏最难”，“恐怕连累父母，教爷娘告了忤逆，出了籍册，各户另居，官给执凭公文存照，不相来往”（《水浒传》第二十一回）。吾国在秦汉时代，“官”与“吏”未曾区别，经魏晋南北朝之士族政治，而至于隋，“官”与“吏”渐次分途，唐宋均用考试取士，科目虽多，而进士最为矜贵，进士所考者又是文词诗赋。司马光说：

> 国家用人之法，非进士及第者，不得美官，非善为诗赋论策者，不得及第。

宋江虽然“刀笔精通”（《水浒传》第十七回），但吾人观其在浔阳楼所题的诗词（《水浒传》第三十八回），似其文学修养只能与唐代落第秀士的黄巢相比，很难考上进士。其家里大约颇有财产，“父亲宋太公在村中务农，守些田园过活”，宋江本人“挥金似土”，“时常散施棺材药饵，济人贫苦，赒人之急，扶人之困”（《水浒传》第十七回）。以此观之，大率是郓城县的殷户。宋依唐制，户分九等，上四等给役，余五等免之。立法之意，本来是许人以钱雇役，即有钱而不欲役者出钱，无钱而愿出力者得钱。只因宋之职役太过苛苦，上户虽欲出钱雇人，而贫者亦不肯就，于是上户只有自已往役。在各种职役之中，人民认为最难忍受的乃是衙前之役。宋江在郓城县做押司（《水浒传》第十七回）。《文献通考·卷十二·职役一》云：

> 在县，曹司至押录，在州，曹司至孔目官，下至杂职虞候拣掏等人，各以乡户等第差充。

所谓“押录”之“押”，当指押司。宋代为吏有许多风险，所以宋江须与他的父亲脱离关系，各户另居。到了宋江落草之后，又迎接宋太公上山享福，连弟宋清也做了山上的首领（《水浒传》第四十一回）。由于这个事实，我们可以看出中国家族制度与政治的关系。

经济制度可以分做两种，一是个人主义的，一是社会主义的。前者指团体对于个人的生存，不负责保证；后者指团体对于个人的生存，须负责保证。但是团体对于个人的生存，既然须负责保证，则团体为了达到这个目的，不能不经营生产，因之，生产手段不能不归于团体公有，所以这个时候，许多生产常由国营。反之，个人既然自求生存，则个人为了达到这个目的，不能没有生产手段，而生产手段所生产的生产物也不能不归于个人私有，所以这个时候，许多生产均为私营。其次，团体既能保证个人的生存，则个人对于自己的生存，当然没有特别顾虑的必要，因之，个人可任意筹划团体全部的利益，所以这个时候，利他主义是道德上的最高原理。反之，团体不能保证个人的生存，则个人在考虑团体利益之先，不能不谋自己利益的安全，否则由个人的穷苦，势必引起社会全体的没落，所以这个时候，在道德上，不能不承认利己主义。

但是从来社会同时存在着这两个制度，即在社会之内，固然实行个人主义的经济制度，而在家族之内，则实行社会主义的经济制度。家族与社会的经济制度既然不同，所以家族与社会的道德原则也互相抵触，即在家族之内，以利他主义为最高道德原则，在社会之内，却不能不承认利己主义的道德原则。社会与家族既然实行两种矛盾的道德原则，那么，人们要在家族之内，成为良好的父兄，势不能再在社会之内，成为良好的臣民，因为在道德上既有保证家族生活的义务，则稍稍剥削社会，由社会的道德原则的利己主义看来，并没有什么大错。

这种现象固然不是中国才有的，不过欧洲各国，自工业革命发生之后，一面因手工业的没落，劳工阶级都吸收于工厂之内，同时兼以交通发达，人们容易迁徙，所以大家族制度渐次破坏，而代以小家庭制度。反之，中国则为农业社会，农民束缚于土地之上，本来不喜欢移住，这种性质已经可以发生大家族制度了。何况农业技术极其幼稚，家有数亩的田，就需要许多劳工，不论男女老幼，均须各尽所能，分担一部分的工作。劳动力既然必要，则家中多一个子弟，无异于增加一个劳动力，因此之故，家长也不许子弟移住别地，中国古代把“九世同居”视为最高道德，是有相当理由的。

在大家族制度之下，祖宗的财产是不许分割的。《礼记》说：“子妇无私货，无私蓄，无私器，不敢私假，不敢私与。”而《唐律疏议》亦说：“诸祖父母，父母在，而子孙别籍异财者，徒三年。”即不但在道德上，奖励人们共产，且在法律上，也禁止人们私产。在这样制度之下，如果一家的人都肯做工，当然和分家异财的，没有区别。但是家族既然实行共产制度，则家长当然有保证一家生活的义务，因此之故，懒惰的常常偷闲，把一切生计归于家长负担。家长既然负担一家的生计，则只能蝇营狗苟，以谋多得金钱，因之，他出来做官，又将贪邪污浊，刮索民膏。但是不管他怎样刮索，财产是可以用得完的，最好能够抓住生财的手段。在生产力幼稚的社会，生财之法不能依靠于经济手段，只能依靠于政治手段，得了一官半职，就可发一笔大财。官职既然成为生财的手段，那么，人们若有任免官职的权，当然要援引自己的子侄兄弟出来做官了。最初因家族而贪污，其次因家族而徇私，家族既然享到利益，则家族当然须连带负责。中国古代有亲族缘坐的刑法，《唐律疏议》亦说："诸谋反及大逆者皆斩。父子年十六以上皆绞，十五以下及母女妻妾（子妻妾亦同）祖孙兄弟姊妹，若部曲资财田宅并没官。男夫年八十及笃疾，妇人年六十及废疾者并免。伯叔父兄弟之子皆流三千里，不限籍之同异。"不是没有理由的。这便是宋江在未落草以前，与父弟脱离关系，到了落草之后，又接父上山享福，迎弟上山做首领的原因。

岂但宋江这样，以大舜之贤，贵为天子之后，犹封其弟象于有庳，所以万章很怀疑舜的仁德。

万章曰："舜流共工于幽州，放驩兜于崇山，杀三苗于三危，殛鲧于羽山，四罪而天下咸服，诛不仁也。象至不仁，封之有庳，有庳之人奚罪焉，仁人固如是乎？在他人则诛之，在弟则封之。"孟子曰："仁人之于弟也，不藏怒焉，不宿怨焉，亲爱之而已矣。亲之欲其贵也，爱之欲其富也，封之有庳，富贵之也，身为天子，弟为匹夫，可谓亲爱之乎？"（侥幸象不得有为于其国，天子使吏治其国，而纳其贡税焉，故象不得暴其民。）（《孟子·万章章句上》）

大舜这样，其他可知，武王伐纣，得到天下之后，大封同姓的人，数共五十五，周的子孙，若不狂惑，都可成为诸侯。武王既崩，成王年幼，这个时候，出来摄政的，乃是周公。厉王出奔，太子年幼，这个时候，出来协助治国的，乃是周召二君。汉高祖得到天下之后，因鉴秦孤立而亡，也封同姓为王者九国：弟交为楚王，子肥为齐王，从父兄贾为荆王，子长为淮南王，子建为燕王，子如意为赵王，子恢为梁王，子友为淮阳王，子恒为代王。就是家族之内若有一人能够把天下作为自己的产业，则一家的人都可封王封侯，所以当时政治可以叫做兄弟政治。但是周封同姓诸侯，而最初出来反抗同室的，是管叔蔡叔。汉封同姓诸侯，到了后来，各王也相继造反，把政权委托兄弟子侄，而竟祸起萧墙之内，兄弟政治于兹已经发生破绽了，所以此后少主即位，已经不学武王那样，使兄弟摄政，而学汉高祖那样，使太太摄政。在妇人摄政之下，用人以什么做标准呢？妇女虽然出嫁从夫，但是夫家的人，由她看来，总不及娘家的人亲密，因此之故，妇人摄政，常常引用外戚，吕后王诸吕就是一个证据。这个时候，夫家兄弟当然失去权势，反之，娘家兄弟则可大出风头，所以当时政治可以叫做舅爷政治。但是舅爷政治是很危险的，诸吕为乱，王莽篡汉，可以令人引为殷鉴。当此之时，母壮子少，而朝臣又尽是外戚的人，少主何能相抗。少主想要相抗，绝对无法和相隔颇远的外臣相谋，只能和日夜接近的宦官暗议，一旦讨平外戚，宦官当然得势，出而干预朝政。于是舅爷政治又变为马弁政治。

晋代封建诸侯，亦属于兄弟政治，然其结果竟然发生了八王之乱。南渡之后，或为姑爷政治，如王敦尚武帝女襄城公主（《晋书·卷九十八·王敦传》），桓温尚明帝女南康公主（《晋书·卷九十八·桓温传》），而均秉执朝政，终亦作乱。或为舅爷政治，如庾亮、庾冰均是明帝后庾氏兄弟，而于成康时代，掌握大权。由南北朝而至隋唐，隋文帝、唐高祖均以外戚夺取帝位，而唐代宦官之祸乃比东汉为甚，又转变为马弁政治。降至宋代，虽无宗室外戚之秉持朝政，而马弁之宦官不时尚有大权，如徽宗时的童贯就是一例，而由童贯之弄权，又引起了方腊之乱。由元至明，“太祖初起时，数养他姓为子，攻下郡邑，辄遣之出守，多至二十余人”（《明史·卷一百二十六·沐英传》），天下既定，又以养子不可信任，复“择名城大都，豫王诸子，待其壮而遣就藩服，外卫边陲，内资夹辅”（《明会要·卷四·诸王杂录》），然其结果又发生了燕王夺位之事。此后固然是“分封而不锡土，列爵而不临民，食禄而不治事”（《明史·卷一百二十·诸子传赞》），而汉唐宦官之祸又重演了，即兄弟政治之弊虽然消灭，而马弁政治之祸乃凌驾在兄弟政治之上。

总而言之，吾国过去政治不脱出血统之外，其脱出血统关系之外者，又常引起马弁政治之祸。

朝廷用人注意在亲戚关系，私人当然也引用亲戚满布要津，我们不看别的，只看王衍李冲之书，就可知道。

> 衍说东海王越曰：“中国已乱，当赖方伯，宜得文武兼资以任之。”乃以弟澄为荆州（都督），族弟敦为青州（刺史），因谓澄敦曰：“荆州有江汉之固，青

州有负海之险，卿二人在外，而吾留此，足以为三窟矣。”（《晋书·卷四十三·王衍传》）

李冲勤志强力，孜孜无怠。……然显贵门族，务益六姻，兄弟子侄皆有爵官，一家岁禄万石有余，是其亲者，虽复痴聋，无不超越官次，时论亦以此少之。（《魏书·卷五十三·李冲传》）

个人徇私，固所难免，最奇怪的，莫过于宋代竟用法律奖励朝臣引用兄弟子侄，而称之为恩荫制度。据赵翼所说：

荫子固朝廷惠下之典，然未有如宋代之滥者。文臣自太师及开府仪同三司，可荫子若孙及期亲、大功以下亲，并异姓亲及门客。太子太师至保和殿大学士荫至异姓亲，无门客。中大夫至中散大夫荫至小功以下亲，无异姓亲。武臣亦以是为差。凡遇南郊大礼及诞圣节，俱有荫补，宰相执政荫本宗、异姓及门客医人各一人；太子太师至谏议大夫荫本宗一人；寺长贰监以下至左右司谏荫子或孙一人；余以是为差。此外又有致仕荫补，曾任宰执及见任三少使相者，荫三人；曾任三少及侍御史者，荫一人；余以是为差。此外又有遗表荫补，曾任宰相及现任三少使相，荫五人；曾任执政官至大中大夫以上，荫一人；诸卫上将军四人；观察使三人；余以是为差。由斯以观，一人入仕，则子孙亲族俱可得官，大者并可及于门客医士，可谓滥矣（俱见《职官志》）。然此犹属定例，非出于特恩也。天圣中，诏五代时，三品以上告身存者，子孙听用荫，则并及于前代矣。明道中，录故宰臣及员外郎以上致仕者子孙，授官有差，则并及故臣矣。甚至新天子即位，监司郡守遣亲属入贺，亦得授官（见《司马旦传》），则更出于常荫之外矣。曹彬卒，官其亲族门客亲校二十余人；李继隆卒，官其子，又录其门下二十余人；雷有终卒，官其子八人，此以功臣加荫者也。李沆卒，录其子宗简为大理评事，婿苏昂，兄之子朱涛，并同进士出身；王旦卒，录其子弟侄外孙门客，常从授官者数十人，诸子服除，又各进一官；向敏中卒，子婿并迁官，又官亲校数人；王钦若卒，录其亲属及所亲信二十余人，此以优眷加荫者也。郭遵战殁，官其四子，并女之为尼者亦赐紫袍；任福战殁，官其子及从子凡六人；石珪战殁，官其三子；徐禧战殁，官其家十二人，此又以死事而优恤者也。范仲淹疏，请乾元节恩泽，须在职满三年者，始得荫子，则仲淹未奏以前，甫莅任即得荫矣。阎日新疏，言群臣子弟以荫得官，往往未离童龀，即受俸，望自今二十以上始给（《职官志》，凡荫嫡子孙不限年，诸子孙年须过十五，弟侄须过二十，此盖续定之制）。龚茂良亦疏言，庆寿礼行，若自一命以上覃转，不知月添给俸几何是。甫荫即给俸矣。朱胜非疏，述宣和中谏官之论曰："尚从竹马之行，已造荷囊之列。"则甫荫得服章服矣。熙宁初，诏齐密等十八州及庆渭等四州，并从中书选授，毋以恩例奏补，则他州通判皆可以荫官奏补矣。金安节疏，言致仕遗表恩泽，不宜奏异姓亲，使得高赀为市，则恩荫并听其鬻卖矣（以上俱各本传）。其间虽有稍为限制者，神宗诏，诸臣年七十以上，直除致仕者，不得推恩子孙（见《职官志》），又诏，任子自一岁一人者，改为三岁一人，自三岁一人者，改为六岁一人。孝宗诏，七十不请致仕者，遇郊不得荫补。又诏，终身任宫观人，毋得奏子。此虽略为撙节，然所减捐，究亦有限。朝廷待臣下，固宜优恤，乃至如此猥滥，非惟开幸进之门，亦徒耗无穷之经费，竭民力以养冗员，岂国家长计哉。（赵翼撰《廿二史札记·卷二十五·宋恩荫之滥》）

上自皇室，下至朝臣，无不引用子弟亲戚，满布要津，政治安得不腐化，社会安得不纷乱。不过开国始祖引用私人，多在于天下已定之后，在天下未定以前，无不求贤如渴，绝对不肯以私徇公。汉高祖未得天下以前，任用萧何、张良、韩信等，而对于自己的兄弟子侄，确未曾用过一人。反之，项羽则非诸项或妻之昆弟不用（《史记·卷五十六·陈丞相世家》）。刘邦成功，项羽失败，是应该的。宋江虽举宋清为首领，而宋清所负的，不过排设筵宴（《水浒传》第七十回），宋江尚有知人之明，所以梁山泊诸好汉无不心服。倘若宋江也学王衍那样，把宋清放在要职，我恐怕部下将要二心，而梁山泊也将灭亡，这是宋江聪明的地方。

宋江得到天下之后李逵的命运如何

李逵是宋江的心腹，宋江得到天下，李逵当然封王封侯，这是普通人的见解。若据我的观察，宋江得到天下之日，便是李逵被诛之时。不过宋江之杀李逵，又和汉高祖之杀韩信不同，而有似于唐太宗要杀尉迟敬德。

> 尉迟敬德尝侍宴庆善宫，时有班在其上者，敬德怒曰："汝有何功，合坐我上。"任城王道宗次其下，因解喻之，敬德勃然，拳殴道宗目，几至眇。太宗不怿而罢，谓敬德曰："朕览汉史，见高祖功臣获全者少，意常尤之。及居大位以来，常欲保全功臣，令子孙无绝。然卿居官，辄犯宪法，方知韩、彭夷戮，非汉高之愆，国家大事唯赏与罚，非分之恩不可数行，勉自修饬，无贻后悔也。"（《旧唐书·卷六十八·尉迟敬德传》）

李逵是个鲁莽的人，有话便说，毫无顾忌。这种人本来不受人家欢迎，除了人家想利用他之外。李逵虽是宋江的心腹，但是他常常在大庭广众之中，说出宋江的秘密。第一次，宋江打破了无为军，活捉了黄文炳，得意洋洋，坐在聚义厅上面，细述“耗国因家木，刀兵点水工，纵横三十六，播乱在山东”的童谣，而李逵竟然跳将起来，说道：“好，哥哥正应着天上的言语，虽然吃了他些苦，黄文炳那贼也吃我割得快活，放着我们许多军马，便造反，怕怎地，晁盖哥哥便做大宋皇帝，宋江哥哥便做小宋皇帝，吴先生做个丞相，公孙道士便做个国师，我们都做将军，杀去东京，夺了鸟位，在那里快活，却不好，不强似这个鸟水泊里。”（《水浒传》第四十回）第二次，梁山泊和祝家庄交战，宋江因为扈成牵羊担酒，前来投降，而李逵杀得高兴，竟把扈家的人也杀得干干净净，不禁勃然大怒，说他违抗将令，李逵应道：“你便忘记了，我须不忘记，那厮前日教那个鸟婆娘赶着哥哥要杀，你今却又做人情，你又不曾和他妹子成亲，便要思量阿舅丈人。”（《水浒传》第四十九回）第三次，晁盖中箭身死，林冲等议立宋江为梁山泊领袖，宋江因为晁盖遗嘱，不敢接受，后因诸首领力劝，便暂时坐了第一位椅子，这个时候，李逵又在旁边叫道："哥哥休说做梁山泊主，便做个大宋皇帝，你也肯。"（《水浒传》第五十九回）。第四次，卢俊义活捉了史文恭，宋江请卢俊义为领袖，卢俊义不敢从命，在他们两人互相推让的时候，李逵又大叫道："我自天也不怕，你只管让来让去，假甚鸟，我便杀将起来，各自散火。"（《水浒传》第六十七回）这种的话，在李逵，固然言之无心，而由宋江听来，实在不堪。当宋江尚欲利用李逵的时候，固然只有忍耐，一旦宋江得到天下，则狡兔死，走狗烹，李逵的话实可招杀身之祸。

本来由公卿出身的皇帝，待遇功臣，比较地宽大，汉光武、唐太宗便是其例；反之，由平民出身的皇帝，待遇功臣，则常残酷，汉高祖、明太祖便是其例。因为公卿爱讲礼貌，在他未做皇帝以前，已经有了一种身份，他的功臣大多数都是他的家臣，平日对他，已经"鞠躬如也"，不敢轻视，所以在他得到天下之后，功臣能够严守朝仪。反之，平民则豪放成性，在他未做皇帝以前，常常不修边幅，不讲礼貌，他的功臣，大多数都是他的朋友，平时对他，只有友谊，没有名分，所以在他得到天下之后，不但功臣忘记了朝仪，便是皇帝也忘记了朝仪。汉九年，高祖"大朝诸侯群臣，置酒未央前殿，高祖奉玉卮，起为太上皇寿，曰：'始大人常以臣无赖，不能治产业，不如仲力，今某之业，所就孰与仲多？’殿上群臣皆呼万岁，大笑为乐”（《史记·卷八·高祖本纪》）。在群臣之前，竟对太上皇说这种话，太上皇实难为情，而群臣又随和大笑，可知当时高祖与群臣均忘记了严肃的朝仪。因此之故，平民皇帝对付功臣，实在不易，迫到不得已的时候，只有剪除的一法。汉高祖夷戮韩、彭，吕后在高祖身死之后，又想尽诛诸侯，其理由是一样的。

> 四月甲辰，高祖崩长乐宫，四日不发丧，吕后与审食其谋曰：“诸将与帝为编户民，今北面为臣，此常怏怏，今乃事少主，非尽族是，天下不安。”（《史记》卷八）

但是不管公卿皇帝也好，或平民皇帝也好，群臣争功，又是免不了的事。平民的汉高祖得到天下之后，固然“群臣饮酒争功，醉或妄呼，拔剑击柱”（《史记·卷九十九·刘敬叔孙通列传》）。而公卿的唐太宗，在论功行赏之后，群臣也暗中“咸自矜其功，或攘袂指天，以手画地”（《旧唐书·卷六十六·房玄龄传》）。当时情形如次：

> 太宗因谓诸功臣曰：“朕叙公等勋效，量定封邑，恐

不能尽当，各许自言。”皇从父淮安王神通进曰：“义旗初起，臣率兵先至，今房玄龄、杜如晦等刀笔之吏，功居第一，臣窃不服。”上曰：“义旗初起，人皆有心，叔父虽率得兵来，未尝身履行阵，山东未定，受委专征，建德南侵，全军陷没，及刘黑闼翻动，叔父望风而破，今计勋行赏，玄龄等有筹谋帷幄，定社稷之功，所以汉之萧何虽无汗马，指踪推毂，故得功居第一。叔父于国至亲，诚无所爱，必不可缘私，滥与功臣同赏耳。”初将军丘师利等咸自矜其功，或攘袂指天，以手画地，及见神通理屈，自相谓曰：“陛下以至公行赏，不私其亲，吾辈何可妄诉。”（《旧唐书》卷六十六）

群臣争功，有的“醉或妄呼，拔剑击柱”，有的“攘袂指天，以手画地”，这种行动何能保全朝廷的尊严，而维持政权的安定？因此，遂有朝仪的必要。汉高祖与群臣争功之后就命叔孙通制定朝仪，朝仪制成之后，群臣朝见，比以前严肃多了。

汉七年，长乐宫成，诸侯群臣皆朝十月。仪：先平明，谒者治礼，引以次入殿门，廷中陈车骑，步卒卫宫，设兵张旗志。传言趋。殿下郎中侠陛，陛数百人。功臣列侯诸将军军吏，以次陈西方，东向；文官丞相以下，陈东方，西向。大行设九宾，胪句传。于是皇帝辇出房，百官执职传警，引诸侯王以下，至吏六百石，以次奉贺。自诸侯王以下，莫不振恐肃敬。至礼毕，复置法酒，诸侍坐殿上，皆伏抑首，以尊卑次起上寿。觞九行，谒者言罢酒。御史执法，举不如仪者，辄引去。竟朝置酒，无敢欢哗失礼者。于是高帝曰："吾乃今日知为皇帝之贵也。"（《史记·卷九十九·刘敬叔孙通列传》）

中国人喜欢说礼，礼是什么？用现代话来说，便是政治上的权威。怎样维持政治上的权威？制定朝仪，当然不失为一个方法，因为严肃的朝仪可以使人发生畏惧的情绪。马基维利（Machiavelli）以为君主与其使臣民亲爱，不如使臣民畏惧，而孟德斯鸠（Montesquieu）亦以畏惧为专制政治的指导原理。即不论古今或东西，政治若是专制，畏惧是很必要的，严肃是很必要的，朝仪也是很必要的。

君主要保全自己的威严，须使臣下不能忖度君主的意向，须使百姓不能接近君主的天威。要使臣下不能忖度君主的意向，以寡言为贵，要使百姓不能接近君主的天威，以深居为贵。唐太宗喜欢与群臣辩驳，刘洎上书谏阻，以为“皇天以无言为贵，圣人以不言为德”（《旧唐书·卷七十四·刘洎传》）。汉高祖未得天下以前，要住在秦的宫殿，樊哙、张良都不赞成，到了高祖得到天下之后，萧何竟然乘高祖东击韩信之际，“营作未央宫，立东阙、北阙、前殿、武库、太仓。高祖还，见宫阙壮甚，怒，谓萧何曰：‘天下匈匈，苦战数岁，成败未可知，是何治宫室过度也。’萧何曰：‘天下方未定，故可因遂就宫室。且夫天子以四海为家，非壮丽无以重威，且无令后世有以加也。’高祖乃说”（《史记》卷八）。就是刘洎欲其元首寡言，萧何欲其元首深居，以保全君主的威严。

这种寡言深居，用之得法，固然可以保全君主的威严，用之不得其法，又容易受人蒙蔽，秦二世就是一个最好的例子。

> 赵高说二世曰：“先帝临制天下久，故群臣不敢为非，进邪说。今陛下富于春秋，初即位，奈何与公卿廷决事？事即有误，示群臣短也。天子称朕，固不闻声。”于是二世常居禁中，与高决诸事。其后公卿希得朝见。（《史记·卷六·秦始皇本纪》）

赵高的话，在专制政治之下，确有一部分的真理。君主聪明，已宜深居寡言了；君主愚呆，而又喜欢同群臣说话，同百姓见面，其结果，更容易使人轻视。二世的失败在于行之过甚，而又信任奸臣。像晋惠帝那样，愚呆而又装作聪明，听见蛤蟆叫，向左右说道："此鸣者，为官乎，为私乎？"听见天下饥荒，百姓饿死，又说，"何不食肉糜？"实足以启权臣问鼎轻重之心。天子所居，叫做禁中，就是使百姓可望而不可即，以保全君主的尊严。

总而言之，在专制政治之下，皇帝要维持政权的安定，不能不保持自己的尊严，像李逵那样性质的人，最容易触犯天威，而损害皇帝的神圣，所以宋江做了皇帝之后，李逵纵不被诛，至少也要同尉迟敬德一样，受了惩戒。

由祝家村与曾头市说到中国的军队与官僚

官军累次讨伐梁山泊，无不给梁山泊打得落花流水，将官送到山里做首领，兵卒送到山里做喽啰，一言以蔽之，不论将官或兵卒，没有一个存必死之心，降的降，逃的逃，官军讨伐梁山泊一次，即助长梁山泊的气焰一分，反之，祝家庄与曾头市的情形，却与官军不同。梁山泊未向他们侵略，他们先向梁山泊挑衅。祝家庄门上贴了两个标语，写道："填平水泊擒晁盖，踏破梁山捉宋江"（《水浒传》第四十七回，参看第四十六回），而曾头市则杜撰了几句军歌，唱道："摇动路镮铃，神鬼尽皆惊，铁车并铁锁，上下有尖钉。扫荡梁山清水泊，剿除晁盖上东京，生擒及时雨，活捉智多星，曾家生五虎，天下尽闻名。"（《水浒传》第五十九回）这种挑衅的态度当然可使梁山泊诸好汉为之一惊。然其结果，在祝家庄，竟使宋江三次动员；在曾头市，又使晁盖受伤，因而丧命。虽然此后他们都给梁山泊侵服，祝曾两家全部殉难，然而他们的反抗精神和反抗实力，实胜过官军百倍。

何以祝家村及曾头市的军队强过大宋官军呢？祝家村的军队似是部曲，曾头市的军队则为乡团。按“祝家庄前后有两座庄门，一座在独龙冈前，一座在独龙冈后”，“宋江引了人马，转过独龙冈后面，来看祝家庄时，后面都是铜墙铁壁，把得严整”（《水浒传》第四十七回）。由此可知祝家庄似与魏晋南北朝的坞堡相同，而其军队，观扈三娘捉得王矮虎之时，“众庄客齐上，横拖倒拽，活捉去了”（《水浒传》第四十七回），即无异魏晋南北朝的宾客及部曲。曾头市呢？它是城市，市内三千余家，其中一家姓曾，有五七千人马（《水浒传》第五十九回），即其军队与欧洲中世纪自由城市之军队相同，而为乡团。部曲与领主有主奴关系，其关系是封建式的，不是雇佣式的，在乡团，军队大率是该乡的住民，他们由于爱护乡土，即他们的祖墓、他们的财产、他们的妻子均在这个地方，所以在社会纷乱之时，他们不惜牺牲一身，出而当兵。

军官如何呢？中国兵制是由农兵渐次变为佣兵的。在农兵制度，军队由农民组织，无事耕田，有事从军。在劳动力缺乏的社会，政府要设置军队，只有利用这个方法。因为各人既然都有工作可做，试问谁人愿意从军？所以政府利用支给工资的方法，组织军队。政府要组织军队，只有一个方法，即强制征召的方法，于是农兵制度便成立了。农民当兵，以古代的武力言，其战斗力是最强的。因为农民在露天的地方，寒暑交迫，日晒雨淋，不断地劳苦工作，所以最能忍受战争的苦痛。反之，社会若有过剩的劳动力，不能得到工作机会，而沦为流民，则政府只能采用佣兵制度，即将流民收编为军队，使他们有所衣食。倘再征召农民当兵，一方流民无以糊口，同时农民从军，田园荒芜，幸而及瓜而代，而田园已经不能耕耘，因之，农民也将变为流民。唯在佣兵制度之下，兵卒既是流民，他们平日惯于嬉戏，狎于欢乐，聆敌则慑骇夺气，闻战则辛酸动容，临阵不至脱逃，已经可嘉，而欲令其陷阵杀敌，以攘寇患，自属难能。

三代及秦，采用农兵制度。汉置“正卒”之制，民年二十三皆服兵役，五十六乃免。唐设“府兵”之制，民年二十从军，六十退役。汉武帝、唐太宗能够平定四夷，不是偶然的事。但是东汉以后，“省诸郡都尉，并职太守，无都试之役”，都尉是统兵的官，都试是每岁立秋之日检阅地方军队，课其殿最。即东汉已由农兵改制为佣兵。中叶以后，阉宦秉政，朝纲崩弛，因之以饥馑，加之以师旅，百姓饥穷，盗贼蜂起，社会经济完全破坏。百姓流移就谷，变成流民，各地牧守就将他们收编为军队，例如，“刘焉为益州牧，初南阳三辅民数十万户流入益州，焉悉收以为众，名曰东州兵”。这就是三国初期军阀割据的原因。

汉末大乱，兵乱相承，豪族常筑坞堡以自卫，而农民则投靠于坞堡之中，在坞主的保护之下，租借田地，从事耕种，而以其剩余劳动力贡献给坞主。这样，坞主事实上便成为拥有民人及土地的领主，而民人亦变成坞主的领民，受其统治。领民分为两种，一种称为宾客；另一种称为部曲，此种情况，经两晋而至南北朝还是一样。

北周施行府兵之制，由隋至唐，规模大见充实，但太平日久，“豪富兼并，贫者失业”（《新唐书·卷五十一·食货志》），许多农民均排斥于农村之外，变为流民，单单京师一隅之地，游手已有数千万家，开元十一年改征为募，称为彍骑。“六军宿卫皆市人”，而为社会所不齿，“及禄山之反，皆不能受甲矣”。安史乱后，诸镇擅地，而农村破坏，社会上流民更多，方镇尽收之以做私兵，这就是唐末五代大乱的原因。唐末五代的私兵与魏晋南北朝的部曲不同，部曲对其主帅是封建的隶属关系，私兵对其主帅则只有雇佣关系，谁肯出最高价钱，谁就能收买他们，这又是唐末五代，兵变引起政变的原因。

宋兴，仍采用佣兵制度。仁宗以后，承平日久，豪强兼并，而赋役繁重，“民罕上著，或弃田，流徙为闲民”，每遇岁饥，流民更多，方偕对吕夷简说：“民迫流亡，不早募之，将聚而为盗矣。”而实际上确是“百姓多弃农为兵”。“明道宝元之间，天下旱蝗，民急而为兵者日益以众”，富弼为青州，募流民为兵者又万余人，天下传以为法。但“所募多市井选愞，不足以备战守”。这就是宋代官军的战斗力不如祝家庄的部曲及曾头市的乡团的理由。

然而这种募集的兵又不能解散，唐在穆宗初年，萧俛与段文昌当国，建销兵之议，兵无生业，皆聚山林间为盗贼，既而方镇悉收用之，尾大不掉，地方割据更加甚了。明代亦然，当马贼高迎祥作乱之时，刘懋“议裁驿站，山陕游民仰驿糈无所得食，俱从贼”。由此可知自唐中叶以后，军队乃是一种社会政策，其御敌之意义少，而救贫之意义多。

说到这里，我们不能不附带说明中国古代的官僚组织。中国职官，秦汉甚少，东汉以后，渐次增加。固然增加，而因文化的发达，知识阶级亦随之加多，不能全部容纳于官僚组织之内。但是中国古代没有大规模的企业，而知识阶级又均以治国平天下为己任，即以“做官”为业。而如袁安所说“凡学仕者，高则望宰相，下则希牧守”。他们得不到职业，变为游士，犹如农民变为流民一样，何肯坐而待毙。这是政府应该注意的问题。战国时代诸公子之养士，西汉郎官多至千人，无非收罗那些得不到职业的士人。东汉士人更多，单单太学已有学生三万多人（《后汉书·卷七十九·儒林传序》），而私塾亦甚发达，每一宿儒常收门徒数十人至千余人，郎官虽然增加到两千余人，而阉宦秉政，父子兄弟婚亲宾客布列州郡。士人没有出路，遂依附外戚，而攻击宦官，发生了党锢之祸。唐代文化也极发达，贞观时代，单单京师一地，学生已有八千余人。文化发达，士人增加，当然不免“仕进路塞”。而唐代考试又复最重进士一科，及第进士有年过七十者。每次礼部考试，单单明经一科，有三千人，据《文献通考》所载，进士唯开元元年七十一人，平均不过二三十人，诸科只唯神龙二年三十九人，文宗太和二年三十六人，其余不过数人或十数人。何况及第于礼部，尚须再试于吏部，天宝二年，选人集者以万计，入第者六十四人。“选人一蹉跎，或十年不得官。”人类均有生存欲望，仕进路塞，自必结为朋党，攻讦当道，设法引起政党，以打开一个新局面，幸而成功，在野者固然弹冠相庆，下台者何敢甘心，势必设法报复，俄而此生矣，俄而又黜矣，俄而此退矣，俄而又进矣，一起一仆，仇怨愈深，而唐代就同东汉一样，发生了牛李党之争。但是汉代朋党是反对宦官的，而唐代朋党则依附宦官。兼以唐因冗员太多，不能不设法裁员，而裁去之员，方镇乃竞引之，以为谋主，于是朝廷孤立，而方镇遂横行无忌了。

宋代文化亦甚发达，每次考试，诸道贡士常在万人以上，例如太宗淳化三年诸道贡士凡万七千余人，而是年录取人数只有进士三百五十三人，诸科七百七十四人，共计一千一百二十七人，即十五取一。徽宗大观六年，礼部试进士万五千人，赐第者八百余人，即十八分取一，其余皆散在民间。固然宋代职官甚多，据曾巩言，真宗景德年间一万余员，仁宗皇祐年间二万余员，英宗治平年间二万四千余员（《元丰类稿·卷三十·议经费》）。到了哲宗时代，又增加为二万八千余员（《宋史·卷一百五十八·选举志四·铨法上》）。而亦无法容纳这许多及第之人，于是新旧党争又发生了。兼以宋同唐代一样，兵冗官滥为财政之蠹，吴及请省冗官，仁宗乃“谓禄廪皆有定制，毋遽变更，以摇人心”（《宋史·卷一百七十九·食货志下一·会计》）。哲宗时吕大防请废胥吏之半，范百禄以为“废半则失业者众”（《宋史·卷三百三十七·范百禄传》）。苏辙亦请“阙吏勿补”，使“见吏知非身患，不复怨矣”（《宋史·卷三百三十九·苏辙传》）。由此可知宋代的官僚组织亦社会政策之一种，治国之意义少，而恤贫之意义多。"吏部以有限之官，待无穷之吏，户部以有限之财，禄无用之人"（《宋史·卷一百五十五·选举志一·科目上》），国家安有不穷。

明代文化亦甚发达，京师有国学，地方则府有府学，州有州学，县有县学。中国士人自古就以干禄为目的，所谓"不事王侯，高尚其志"，只是少数人之志趣。嘉靖中，"讲学者以富贵功名，鼓励士大夫，谈虚论寂，靡然成风"。士人既以富贵功名相尚，则士人之数应与职官之数保持一定比例。官多士少，则官职旷虚，官少士多，则人才壅滞。人才壅滞，超过一定程度，势必引起党争。证之吾国历史，至为显明。明代士人入仕之途甚多，有进士、举人、监生、杂流数种，进士为殿试及格之人，举人为乡试及格之人，监生为国子监学生之通称，杂流是由吏道出身之人。合此数途，士人人数必超过职官之数。单单监生一途，弘治八年听选于吏部，至万余人，有十余年不得官者（《明史·卷六十九·选举志一》）。而考选又不公平，达官子弟往往名列前茅。例如成化弘治之间，万安"在政府二十年，每遇考，必令其门生为考官，子孙甥婿多登第者"（《明史·卷一百六十八·万安传》）。正德三年"太监刘瑾录五十人姓名，以交主司，因广五十名之额"（《明史·卷七十·选举志二》）。神宗初，张居正当国，其子礼闱下第，居正不悦。至五年，其子嗣修遂以一甲第二人及第，至八年，其子懋修以一甲第一人及第。而次辅吕调阳张四维申时行之子亦皆先后成进士（《明史·卷七十·选举志二》）。而考场之中又有舞弊，如“贿买钻营、怀挟倩代、割卷传递、顶名冒籍，弊端百出，不可穷究。而关节为甚，事属暧昧。或快恩仇报复，盖亦有之”（《明史·卷七十·选举志二》）。明以文字取士，本非择人之法，而既用文字了，就须以文学为标准，顾乃不视文学优劣，唯视权力大小。而考试及第之后，能否得官，又非倚仗权贵汲引不可。于是“无耻之徒但知自结于执政，所得爵禄直以为执政与之”（《明史·卷二百三十·汤显祖传》）。他们“分曹为朋，率视阁臣为进退，依阿取宠，则与之比，反是则争。比者不容于清议，而争则名高。故其时端揆之地，遂为抨击之丛，而国是淆矣”（《明史·卷二百三十·蔡时鼎等传赞曰》）。兼以明代“士大夫好胜喜争”，世宗时大礼之争，神宗初夺情之议，朝臣不识大体，而乃化小事而为大事，这种作风已经可以发生党派了。而明代又有廷推大臣之制，即大臣有阙，令吏部会同朝臣推举之（参阅《明会要·卷四十八·廷推》），此乃“爵人于朝，与众共之之义”（《明史·卷二百二十四·孙鑨传》）。然而党同伐异，人情之常，他们何能以大公无私之心，品藻人才，势必引用私人而排斥异己。这样，又助长了朋党之争。顾宪成就是因为吏部廷推阁臣王家屏，神宗特旨任用沈一贯，先后疏争，而被削籍，乃归卧无锡，而讲学于东林的（《明史纪事本末·卷六十六·东林党议》，万历二十二年）。何况仕宦壅塞，退处林野之人唯冀目前有变，不乐政局安定，遇有机会，即借题发挥，攻击当途。盖欲引起政变，使得意者退处林野，不得意者弹冠相庆。这种心理更是党争的根本原因，在这种政局之下，最可利用者莫如言官，“而言事者又不降心平气，专务分门立户”，其“论人论事者，各怀偏见，偏生迷，迷生执”（《明史·卷二百四十三·邹元标传》）。于是明代每次掀起政潮都是出于御史及给事中，而各派亦利用御史及给事中排斥异己，而朋党遂形成了。

朋党之成也，始于矜名，而成于恶异。名盛则附之者众，附者众则不必皆贤，而胥引之，乐其与己同也。名高则毁之者亦众，毁者不必不贤，而怒而斥之，恶其与己异也。同异之见歧于中，而附者毁者争胜而不已，则党日众，而为祸炽矣。（《明史·卷二百三十二·魏允贞等传赞曰》）

弄到结果，明代又同唐代一样，发生了宦官之祸，更由宦官之祸而助长了朋党之争。

在这里，我们尚欲附带说几句话：党争发生之后，君子常为小人所打倒，这叫做政治上的格勒善法则（Gresham's Law），因为君子有所顾忌，而小人则不择手段，不惜与宦官勾结。且看明代吧，在刘瑾得势的时候，有许多士大夫依附刘瑾，焦芳"每遇瑾，言必称千岁，自称为门下"。李宪"时袖白金，示同列曰，此刘公所遗也"。张彩的行为比较巧妙，"每瑾出休沐，公卿往候，自辰至晡，未得见。彩故徐徐来，直入瑾小阁，欢饮而出，始揖众人，众以是益畏彩"（以上见《明史·卷三百六·阉党》）。在魏忠贤得势的时候，又有许多士大夫拜忠贤为假父，忠贤所过，"士大夫遮道拜伏，至呼九千岁"（《明史·卷三百五·魏忠贤传》）。比方崔呈秀，他因为贪污，受了高攀龙、赵南星的弹劾，乃"夜走魏忠贤所，叩头乞哀，言攀龙、南星皆东林，挟私排陷，复叩头涕泣，乞为养子"。又如曹钦程，因事忤忠贤意，忠贤怒，"削其籍，濒行尤顿首忠贤前曰：'君臣之义已绝，父子之恩难忘。'絮泣而去"。而黄运泰之建忠贤祠，迎忠贤像，更不惜"五拜三稽首，率文武将吏，列班阶下拜，稽首如初，已诣像前，祝称某事赖九千岁扶植，稽首谢，某月荷九千岁拔擢，又稽首谢，还就班，复稽首如初礼”（以上见《明史·卷三百六·阉党》）。这种行为，君子安能做到。君子既然不能做到，则君子与小人斗争，当然君子失败。但是我们须知上面所引的人，都是由进士出身呢！他们读了圣贤的书，而竟谄事宦官，士大夫的道德，实可令人怀疑。所以孟称舜在其剧本《英雄成败》上，有数句话，把士大夫骂得体无完肤：

> 你们做秀才呵，读诗书也学着孔宣王口喳喳几句头巾话。做官呵，讲法律也曾把萧相国，嘴巴巴依样葫芦画。说别人呵，将那卢杞李林甫一个个恣吹弹，指定名儿骂。到轮着自己身上呵，却把他几个劣样儿，一桩桩做了印本花儿拓。

闲话少说，言归正传，知识阶级的过剩固然可以发生党争，但是人口的过剩如果只限于知识阶级，则党争尚不至变成内乱，万一流氓阶级也感觉人口过剩，不能全部编入军队，则党争必会引起内乱。因为文绉绉的士大夫没有能力作乱，能够作乱的，只有流氓，然而流氓作乱的时候，若有一部分士大夫跑到流氓方面去，拥戴一个真命天子，自居为谋臣策士，则他们固然可借革命的进行，把政权抓在自己的手上，使革命运动不能化为民众运动，而只见新王朝的成立，然而同时，内乱在某程度内，尚可有秩序地进行。反之，士大夫不跑到流氓方面去，则流氓的内乱势必变为流寇的掳掠，而使中国社会陷入无政府状态之中。看吧！明季的士大夫中了八股的毒，已经不配做谋臣策士，所以李自成、张献忠终为流寇，而收拾残局，只有依靠外来势力，由是清朝政府就入关统治中国了。

闲话愈多，离题愈远了。其实不然，句句说明官和兵的腐败，便是句句说明官兵打不过梁山泊的理由，并反证祝家庄和曾头市所以有优越的战斗力的理由。总而言之，官僚组织与军队制度虽然不失为一个社会政策，然却不能彻底解决中国的社会问题。要解决中国的社会问题，须由别种政策，反之，由治国和保国的方面着想，则非改造官僚组织与军队制度不可。

林冲的地位何以在关胜之下

在梁山泊诸好汉之中，有大将风度的，似只有林冲一人。林冲的武艺高强，我们可以不必再说，至于林冲的才识过人，我们只看他火并了王伦之后，就请晁盖坐第一把交椅，吴用坐第二把交椅，公孙胜坐第三把交椅，以为“鼎分三足，缺一不可”（《水浒传》第十九回）。到了晁盖中箭而死，山寨无人主持，最初出来与吴用、公孙胜商量，其次又引率诸位首领，公推宋江为临时领袖的，也是林冲（《水浒传》第五十九回），处处从大局着想，不是胸有经纶济世之才，哪里能够做到。至于关胜，虽然施耐庵也极力描写其人格，他“低低说了一句”，就活捉了张顺，再“低低说了一句”，又活捉了阮小七（《水浒传》第六十三回），但是写来写去，总不及林冲厉害，卒被呼延灼欺骗，活捉上山（《水浒传》第六十三回），然而上山之后，他的地位竟在林冲之上（《水浒传》第七十回），这是为什么呢？

没有理由，若必强求其理由，大约因为关胜姓关，而林冲只姓林吧。试问姓关的人何以有这样的特权？看过《三国志演义》的人大约知道关云长的义气吧。中国的下层阶级最重义气，因此，也最崇拜关云长。梁山泊是下层阶级所组织的团体，而关胜则为关云长的嫡派子孙（第六十二回，在第六十三回，戴宗回山报告，只称关菩萨，而不敢称关羽），他们为了崇拜关云长，所以不能不提高关胜的地位，使其在公孙胜之下，林冲之上。要之，关胜的地位所以比林冲高，乃由于门第关系。

关羽有此地位，真是吾人意想不到的事。据陈寿的《三国志》，关羽乃任气用事之人，即如陆逊所言："羽矜其骁气，陵轹于人，始有大功，意骄志逸"（《吴志・卷十三・陆逊传》），不能用外交手段，东和孙权。"先是权遣使为子索羽女，羽辱其使，不许婚，权大怒"（《蜀志・卷六・关羽传》）。到了羽围樊城，擒得于禁等，又因孙权之不出兵来助，复"骂曰：'狢子敢尔！如使樊城拔，吾不能灭汝耶。'权闻之，知其轻己"（《蜀志・卷六・关羽传》注引《典略》）。卒至孙权联合曹操，而刘备便失去了荆州，不知何故，施耐庵的《三国演义》竟然大捧关羽，而令后人以小说所写的为真实的事。

梁山泊乃是革命团体，革命团体本来不应该讲门第。试看刘邦吧！他的部下，除了张良之外，萧何、曹参由小吏出身；陈平家贫，只能代人料理丧事，先往后归，糊其一口；韩信贫而无行，不得推择为吏，又不能治生商贾，常从人寄食饮；周勃以织薄曲为生；彭越屈身于盗匪；黥布由囚徒出身；樊哙由屠狗出身；郦食其家贫落魄，无以为衣食业，只做里监门吏（均见《史记》各本传）。然而刘邦利用他们，卒能得到天下。同时，与刘邦争天下的项羽怎样用人？据陈平说，“项王不能信人，其所任爱，非诸项，即妻之昆弟，虽有奇士不能用”（《史记·卷五十六·陈丞相世家》）。即刘邦用人，不重门第，项羽用人，只知亲戚，刘邦成功，项羽失败，是应该的。

中国社会一面是平等的社会，同时又是不平等的社会，秦汉以前，政在贵族，尧把天下让给舜，舜把天下让给禹，然据《史记》所说，舜不是历山的一介农民，而是帝颛顼的六世孙，即尧的族玄孙（《史记·卷一·五帝本纪》）。禹父已做大官，而禹又是帝颛顼的孙，即尧的族弟，舜的族高祖（《史记·卷二·夏本纪》）。即他们让来让去，只让给自己的血族，至于“百姓”、“黎民”绝对不能一跃而登天子的宝座。夏的天下为殷所得，殷的天下为周所得，然而殷的先祖名契，为帝喾的庶子，即尧的异母弟（《史记·卷三·殷本纪》），周的先祖名弃，为帝喾的嫡子，也是尧的异母弟（《史记·卷四·周本纪》），他们打来打去，而天下也不过归于同一血统的人。换言之，舜之继尧，禹之继舜，无异于孝宗继高宗而帝宋，汤之伐夏，武之伐殷，无异于成祖伐建文而帝明。即不管怎样禅让或讨伐，而天下则均归于一家所得。

到了春秋战国时代贵族政治愈益明显，列国卿相均出身于贵族。秦汉以后，封建既废，而始皇又徙诸郡豪杰于咸阳，汉高祖更徙齐诸田、楚昭、屈、景于关中，于是贵族之势渐衰，终而沦与庶姓为伍。但是汉代传祚颇长，勋臣外戚为数不少，金、张、许、史、马、邓、阎、窦诸勋戚，金绍相继，赫奕一时，所以旧贵族虽然失势，而新门第又复产生。袁绍四世三公，已为当时人望所系，而孔融更以千余年前，孔子问礼于老聃，对于李膺，自称为“我是李君通家子弟”。一方社会尊重门第，同时人们又以过去的谱牒自夸。降至三国，魏文帝黄初元年，由陈群建议，设置九品中正之制，而州郡中正均以著姓士族为之，于是他们遂“计官品以定品第，天下唯以居位为贵”。晋兴，乃沿魏制，从而“据上品者非公侯之子孙，则当途之昆弟也”，刘毅谓其“上品无寒门，下品无势族”，确是当时实情。永嘉大乱，人民奔迸流移，士族一部分渡江，一部分残留北方。南方在孙吴时代，士族已有势力，而如葛洪所言，“势利倾于邦君，储积富乎公室……僮仆成军，闭门为市，牛羊掩原隰，田池布千里”（《抱朴子·外篇·卷三十四·吴失》）。晋武平吴，又承认他们的固有权利，不加压制。同时渡江之士复带其部曲与宾客同行，晋代公卿多有家兵，司徒王浑归第，有家兵千余人（《晋书·卷四十二·王浑传》）。苏峻南渡，亦带其部曲以从（《晋书·卷一百·苏峻传》）。所以在乔迁之中，仍保存其社会的地位。他们一方建立政权，这有恃于王谢二家之力者甚大。王家建立南方的政权，淝水之役，谢家战败北寇，维持南方的政权，所以王谢二家便成为江南贵族的领袖。到了南北朝，南朝易代四次，而王谢二家在政治上均有势力，可以“平流进取，坐至公卿”。其在北朝，后魏起自阴山，本来没有姓族，到了入主中原，欲把游牧经济改变为农业经济，即部落组织改造为国家组织，不能不采用中华的文物制度，于是遂同五胡一样，从当时强宗大族所建筑的坞堡之中，学习了中华的生产方法，又组织了与这个生产方法相适应的国家。当时北方豪族之受重任者，在太祖道武帝时代，有清河崔玄伯，拓跋氏改国号曰魏，即从玄伯之议。而“制官爵，撰朝仪，协音乐，定律令，申科禁，玄伯总而裁之，以为永式”（《魏书·卷二十四·崔玄伯传》）。太宗明元帝，世祖太武帝时代，崔玄伯之子浩亦秉朝政，凡“朝廷礼仪，优文策诏，军国书记，尽关于浩”。世祖尝“敕诸尚书曰，凡军国大计，卿等所不能决，皆先谘浩，然后施行”（《魏书·卷三十五·崔浩传》）。其后，浩分别氏族高低太过急进，而为代北武人所反对，遂借修史之名，而遭灭族之祸。而范阳卢玄则以儒雅著闻，首应旌命，子孙继迹，为世盛门（《魏书·卷四十七·卢玄传》）。赵郡李孝伯亦受知于世祖，“恭宗曾启世祖，广征俊秀，世祖曰：‘朕有一孝伯，足治天下，何用多为。’……自崔浩诛后，军国之谋咸出孝伯”（《魏书·卷五十三·李孝伯传》）。此外如京兆韦阆，京兆杜铨，河东裴骏均被征辟（《魏书》卷四十五各本传）。到了高祖孝文帝时代，陇西李冲创三长之制。终佐孝文，成就太和之治，“任当端揆，身任梁栋，德洽家门，功著王室”（《魏书·卷五十三·李冲传》史臣曰）。而华阴杨播一家，“高祖以下，乃有七郡太守，三十二州刺史”（《魏书·卷五十八·杨椿传》）。所以史臣才说，“荣赫累朝，所谓门生故吏遍于天下”（《魏书·卷五十八·杨播传》史臣曰）。此不过略举数姓言之。强宗大族因是后魏的宗师，后魏不能不任用他们而尊重其门第，甚至把自己的种族也向士族门第转化。而如唐代柳冲所说："代北则为虏姓，元长孙宇文于陆源窦首之。"（《新唐书·卷一百九十九·柳冲传》）于是北朝遂和南朝一样，士族在政治上、社会上都成为特权阶级。

隋文肇兴，开皇年间废除九品中正之制，借以打击强宗大族。但隋文起自关西，他自己又是关西豪族之一，所以除南朝豪族之外，北朝豪族尤其关西豪族并未曾受到致命的毁伤。炀帝即位，又置进士科以取士（《旧唐书·卷一百十九·杨绾传》）。于是东汉举士专用考试之制又复兴了。唯因隋代举士颇重词藻，"连篇累牍不出月露之形，积案盈籍唯是风云之状"。以此取士，何能得到英才，何况"隋文帝开皇七年制，工商不得入仕"，则工商不得参加考试，而有资格参加考试者则为城里的殷户及乡村的富农。

隋亡，唐兴，李渊陇西人，其系统也是属于关西，他常以家世自夸。太宗即位，虽然压迫山东豪族。但是数百年来，他们都是统治阶级，社会上的名望固非政治力一蹴就可以推翻的。所以朝廷虽然压迫，而当时大臣，例如魏徵、房玄龄、李勣犹愿意与他们通婚。高宗时，李义府又加以压迫。这样，山东世族的地位稍稍降低。但是唐代并不是完全反对门阀观念的。"关中之人雄，故尚冠冕"，太宗就是要用冠冕以作门阀高低的标准。高宗时代的姓氏录可以说是太宗思想的实现。唐代既然不欲推翻世族，最多不过欲用新世族以代替旧世族，所以当时人士尚有门阀观念，而山东世族的名望依然存在。例如："李彭年慕山东著姓为婚姻，引就清列，以大其门"（《旧唐书·卷九十·李怀远传》）。而且唐代虽用考试之制以取士，但考者必须填明三代履历，三代不清白的，不得应考。科目既沿隋之制，限于文章辞赋，而资格又须填明三代，那么，草莽英雄哪里能够置身于朝廷之上？人们在政治上所要求的，乃是宦路公开，任谁都可利用自己的才干，取得相当的地位，现在上层阶级乃用种种方法，独占朝廷的官职，那么，才智的士为了"黄钟毁弃，瓦釜雷鸣"，当然不免"辍耕太息"，恶用其才了。阮小五说："我弟兄三个本事又不是不如别人，谁能识我们的。"（《水浒传》第十四回）这句话不是阮小五个人的话，乃是普天下不得志的人的话。朝廷既不能用，他们当然"三月无君，惶惶如也"，别求一个领袖。领袖找着了之后，他们"水里水里去，火里火里去"（阮小七的话，见《水浒传》第十四回），把全身热血给识货人，也是当然的。

五代大乱，当时上自天子，下至方镇，半出强盗，半为朱邪种族。至宋，衣冠旧族，族谱罕存。因之一般人民就不能以谱牒自夸，门阀政治完全绝迹，继之而发生者则为纯粹的官僚政治，不过考试仍重辞赋，所以豪杰之士不长于雕虫小技者亦无法跻身仕界，最多不过为吏而已。宋江不失为一个识货的人，梁山泊诸好汉愿意为他拼命，是应该的。但是宋江把关胜放在林冲之上，则宋江尚不免有门第观念。革命的团体须用革命的手段，任用革命的人物，不但不宜讲门第，并且不宜讲资格，讲经验。萧何、曹参不过一位小吏，有什么资格？韩信未拜大将以前，在楚为郎中，在汉为连敖，有什么经验？知其才而重用之，一面可使他们死心服从，同时又可使他们发挥才干。若必一一试验，一一观察，待他积了经验之后，而后重用，则有才的人何能久待，将学韩信的奔亡。不敢奔亡的人，则只是碌碌庸才而已。碌碌庸才有什么经验？他们的经验，充其量，不过吹牛拍马而已。宋江看重门第，这是宋江不及刘邦的地方，刘邦能够得到天下，宋江终为绿林草寇，不是没有理由的。

吴用何以只能坐第三把交椅

流氓可以做皇帝，地主也可以做皇帝。知识阶级呢？“秀才造反，三年不成。”

在中国历史上，由流氓而做皇帝的，有刘邦、朱元璋二人，其他开国始祖则大率非出身于公卿之门，即出身于地主。

流氓和地主何以都有做皇帝的资格？因为在中国社会上，最有势力的，是他们两个阶级。不过流氓要做皇帝，须有地主的德性，地主要做皇帝，须具流氓的德性。地主的德性是什么？是礼贤下士。流氓的德性是什么？是豁达豪爽。一方能学地主的礼贤下士，同时又能学流氓的豁达豪爽，一定可以得到全社会的欢迎，而被视为“真命天子”。现在试以刘邦与项羽为例，说明流氓与贵族（地主）的性质。刘邦“爱人喜施，意豁如也，常有大度，不事家人生产作业”（《史记·卷八·高祖本纪》）。听到萧何推荐韩信，就拜信为大将，听到张良、陈平耳语，就立信为齐王（《史记·卷九十二·淮阴侯列传》）。然而“素慢无礼”（萧何评语，见《淮阴侯列传》）或“慢而易人”（郦生评语，见《史记·卷九十二·郦生陆贾列传》），要立韩信，“如呼小儿”（《淮阴侯列传》），而郦生人见，竟然“倨床，使两女子洗足”（《郦生陆贾列传》）。反之，“项羽见人，恭敬慈爱，言语呕呕……至使人有功当封爵者，印刓敝，忍不能予”（《淮阴侯列传》）。即刘邦豁达豪爽，而不能礼贤下士，项羽礼贤下士，而不能豁达豪爽。两人各有所偏，何以刘邦能够得到天下？因为豁达豪爽的人容易改过，后来刘邦受了萧何、张良的教诲，渐由“素慢无礼”变为礼贤下士，所以他听到萧何的话，就择良日斋戒设坛场，具礼拜韩信为大将（《淮阴侯列传》）；听到郦生的话，就“辍洗，起摄衣，延郦生上坐，谢之”（《郦生陆贾列传》）。惟其如是，所以他能受全社会的欢迎，得到天下。

但是这还不是重要的原因，中国是“缩小再生产”的国家，贫穷成为一般的现象。在这样的国家之内，要想得到权力，须以“仗义疏财”为第一要件。流氓有仗义疏财的气魄，而无仗义疏财的能力，地主有仗义疏财的能力，而无仗义疏财的气魄。假使有人一面有地主之富，同时又有流氓之豪，必能收罗人心。史称：唐太宗“推财养客，群盗大侠莫不愿效力”（《旧唐书·卷二·太宗本纪上》），他能够佐唐高祖统一天下，是应该的。但是获得物质的条件艰难，养成心里的条件容易，所以由地主而做皇帝的容易，由流氓而做皇帝的艰难，一部二十四史，由流氓而做皇帝的，只有数人，可知吾言之非伪。商人虽然也有物质条件，但是他们天天较量铢两，哪里肯拿出数百万的现金，收买人心。廉买而贵卖是他们唯一的宗旨，然而商人只知道目前的利益，绝对不肯用现金，以换取不可知的天下。吕不韦虽然有窃取天下的意志，但是他的方法却很可笑。“奇货可居”不失为商人口吻，以小老婆交换天下，真是廉买贵卖的极致，其失败是理之当然的。

流氓做了皇帝之后，其结果如何？他由平民出身，照常理说，应该倾向于平民政治，但是依据过去的历史所示，又往往加倍专制，这是有相当理由的。他出身于市井之间，朝中功臣尽是昔日嫖赌吃喝的朋友（汉高祖好酒及色载在《史记》之上），怎样对付功臣，当然不失为一个重大问题。汉高祖使叔孙通制定朝仪，明太祖更定下“廷杖”、“跪对”的法律，其目的无非在于维持皇帝的尊严，使功臣不敢因为“老朋友”，而效李逵那样，乱叫乱喊而已。如果这个方法尚不能制止功臣的无礼，则最后只有剪除一法，汉高祖、明太祖无不虐杀功臣，并不是他们两人特别狠心，实在因为他们出身于流氓，不这样，不能使“老朋友”恐怖，而严守君臣之分。流氓皇帝一方面虽然这样专制，但是同时却能奖励文化。因为他们出身微贱，恐怕世人看不起，不能不装作假斯文之状。汉高祖过鲁，以太牢祀孔子，设置学校；明太祖使各地立学，设科取士，察举贤才，便是其例。

知识阶级呢？“秀才人情本来是纸半张”，这样寒酸气的人物哪里配做皇帝，而且他们知识愈高，顾虑愈多，而丧失冒险的精神，我们只看萧何、曹参，就可知道。

> （沛）父老乃率子弟共杀沛令，开城门，迎刘季，欲以为沛令。刘季曰：“……此大事，愿更相推择可者。”萧（何）曹（参）等皆文吏，自爱，恐事不就，后秦种族其家，尽让刘季。诸父老皆曰：“平生所闻刘季诸珍怪，当贵……”……乃立季为沛公。（《史记·卷八·高祖本纪》）

他们是中间阶级，幸福的可以上升为绅士，不幸的则当沦落为游士，他们有特别的气质，他们中了宋儒的毒，寒酸而不豪爽。他们无法谋生，虽然也想铤而走险，然而只能攀龙附凤，做谋臣策士，绝不能独树一帜，逐鹿中原。他们的生活稍稍安定，则心满意足，毫无进取之心，一部二十四史，由知识阶级而做皇帝的，恐无一人，梁山泊白衣秀才王伦的失败，就是由于他们的寒酸气。梁山泊弹丸之地，有何宝贝，他们拒绝林冲上山，照他之意，“林冲是京师教头，必然好武艺，倘若被他识破我们手段，他须占强，我们如何迎敌”（《水浒传》第十回）。晁盖等七人上山之时，王伦又说：“非是敝山不纳众位豪杰，奈缘只为粮少房稀，恐日后误了足下众位面皮不好，因此不敢相留。”（《水浒传》第十九回）英雄来投，竟然拒绝，只知保全小小地区，过其安乐生活，这种人何能做出大事?

知识阶级虽然没有做皇帝的资格，然而地主或流氓想做皇帝，却非利用知识阶级不可。他们读过了《论语》，知道治国安民的方法；他们读过了《左传》，知道国家兴亡的原因；他们读过了孙吴兵书，知道三韬六略。在幼稚的社会，叫知识阶级做谋臣策士，确实不错。刘邦利用萧何，朱元璋利用刘基，而卒得到天下，就是一个证据。这个时候，知识阶级常分裂为两个集团，一是帮助新皇帝而为谋臣策士，一是帮助旧皇帝而为孤臣孽子，这个分裂是由儒家的思想而来的，因为儒家一面鼓吹“忠君”，同时又赞成“放君”，即主张二重道德。这个二重道德对于中国社会，乃有极大的效用。民主政治必以人民有相当的能力为前提，像中国从前人民那样的幼稚，绝对不能实行民主政治，既然不能实行民主政治，则欲统治庞大复杂的国家，必须树立绝对王政，而后才能控制各地，而举中央集权之实。但是君权过大，又可酿成君主的虐政，一方要求巩固的君权，同时又怕君权的滥用，由是二重道德遂有必要了。即君主的行为不越出一定限度以上，则主张忠君的道德，君主的行为若越出一定限度以上，则主张放君的道德，于庶民之中，再择一位真命天子，自居于谋臣策士，而从新建设一个新皇室，所以知识阶级在政治上是能演新陈代谢的作用的。

闲话少说，言归正传，在梁山泊一百零八位好汉之中，吴用不是“无用”而是最“有用”的。梁山泊一天没有吴用，一天就不能存在。这样重要的吴用不但不能坐第一把交椅，并且连第二把交椅也要让给卢俊义坐。其理由到底在哪里？

宋江虽是一位小地主，然其性质和行动是代表流氓的。他喜欢结交朋友，然而他的朋友尽是江湖好汉，却没有一位缙绅之士。他挥金似土，济人之贫，赒人之急，扶人之困（《水浒传》第十七回），这种性癖当然得到流氓团体的拥戴，而坐第一把交椅。何况草创梁山泊的，虽是晁盖，而间接帮助梁山泊日益繁盛的，则为宋江。晁盖死了之后，宋江升为领袖，是理之当然。至于卢俊义，平素对于梁山泊毫无贡献，而一旦落草之后，就坐在第二把交椅，这果然因为他活捉史文恭（《水浒传》第六十七回，参看第五十九回），能代晁盖报仇么？不是，绝对不是。

梁山泊区区弹丸之地，不是绝对安全的地带。宋江继晁盖而为领袖之后，对于梁山泊此后所应取的政策，当然有相当的计划。这个时候，梁山泊的政策不外三种：第一保守，仍旧割据梁山泊；第二进攻，出来逐鹿中原；第三招安，收编为正式军队。就宋江在浔阳楼所题的反诗（《水浒传》第三十八回）看来，他“笑黄巢不丈夫”，而欲“遂凌云之志”，可知他想逐鹿中原，与赵家争天下的。

但是在中国社会上，有势力的阶级，除了流氓之外，尚有绅士。刘邦所以能够得到天下，就是因为关中的父老欢迎他，即因为关中的绅士欢迎他。梁山泊只是流氓的团体，虽然有不少的军官来投降，然其势力只限于下层阶级，至于绅士则仍视梁山泊为草寇。梁山泊得不到绅士的同情，就是表示中国社会上最有势力的阶级不赞成梁山泊，其结果足使梁山泊终为草寇，无法扩张势力范围，把“赵记”江山，改作“宋记”江山。因此，怎样改变绅士的心理，便成为宋江思想的集中点。

恰好当时北京城里有一位大地主卢俊义，他是“河北三绝，第一等长者”，在北方社会，有相当的名望（《水浒传》第五十九回）。此人若能落草，当然可以表示梁山泊的势力已经达到绅士阶级之间。不，其对于一般民众，尚有一种特别的意义。“卢老爷尚肯入伙”，这句话岂但可以证明梁山泊不是普通的草寇，并且还可以增加梁山泊的身价。革命党才创设的时候，都喜欢拉拢一位旧势力做招牌，其理由即在于此。

绅士阶级的卢老爷入伙之后，当然非坐第二把交椅不可。但是这样一来，革命党便不得不与旧势力妥协了。梁山泊的伦理观念本来只注重“义”字，所以在晁盖未死之前，它的会议室始终叫做聚义厅，现在则“忠”字也不能不顾到了，所以在卢俊义将次落草之前，宋江即把聚义厅改作忠义厅（聚义厅改作忠义厅，为第五十九回的事，接着第六十回，宋江就设法使卢俊义入伙）。这个“忠”字，解释为整个梁山泊须尽忠于“赵官家”，固然可以，解释为诸好汉须尽忠于宋江，也无不可。不管怎样解释，为臣须尽忠，乃是绅士们所视为最重要的道德。董卓弑帝辩，固然被后人骂为乱臣贼子，而诛董卓的吕布也不能引起世人的同情。这是因为什么理由呢？就是说明不管你所事的是谁，你既食其禄了，就当忠其事。梁山泊挂了“忠”字，深合于绅士们的观念。然而因此，平等的梁山泊遂变为阶级的梁山泊，从前宋江与诸好汉的关系是朋友之谊，现在则为君臣之分。

说了一大堆，对于吴用何以只能坐第三把交椅，好像尚未说明，其实字字句句说明卢俊义何以坐第二把交椅，便是说明吴用何以只能坐第三把交椅。吴用在梁山泊中，虽然是一位最重要的角色，但是他不是流氓，也不是地主，而只是一个秀才。秀才与流氓地主比较，犹之丘九怕丘八一样，不能不退避三舍，让丘八哥居前。

燕青何以能列在三十六天罡星之内

季布为楚将，数窘汉王，及项羽灭，高祖赦季布，拜为郎中。其弟丁公亦为楚将，“逐窘高祖彭城西，短兵接，高祖急，顾丁公曰：‘两贤岂相厄哉？’于是丁公引兵而还，汉王遂解去。及项羽灭，丁公谒见高祖，高祖以丁公徇军中，丁公为项王臣不忠，使项王失天下者，乃丁公也。遂斩丁公，曰：‘使后世为人臣者，无效丁公。’”（《史记·卷一百·季布栾布列传》）我想当高祖与项王逐鹿中原的时候，大约希望项王的臣下尽是丁公，自己的臣下尽是季布吧！如果项王的臣下尽是季布，则高祖将不能得到天下；反之，高祖的臣下尽是丁公，则高祖的天下又将得而复失。在这样矛盾的环境之下，遂生出矛盾的刑赏来。即对于项王的丁公，不惜锡以重赏，使楚奸可以增加，而对于自己的丁公，则必施以严刑，使汉奸可以减少。同时对于项王的季布，又须施以严刑，使项王的臣下不致过分来窘，而对于自己的季布，则须锡以重赏，使自己的臣下能够戮力奔命。到了高祖得到天下之后，形势就不同了，这个时候，普天之下莫非王土，率土之滨莫非王臣，倘若重赏丁公，何足以警戒贰臣，倘若重罚季布，又何足以鼓励忠臣。你们看吧！季布虽然有仇于我，然而为臣尽忠，所以得赏；丁公虽然有恩于我，然而为臣不忠，所以受刑。你们能学季布，纵令我失去天下，你们也不怕没有官做。反之，你们若学丁公，则不但我要加以严刑，纵令我失去天下，而受过你恩的人，亦将不赦你罪。这是高祖封季布而杀丁公的原因。岂但汉高祖，历代太祖高皇帝，无不实行过这种政策。且看唐太宗吧！

上谓侍臣曰："君虽不君，臣不可以不臣。裴虔通，炀帝旧左右也，而亲为乱首，朕方崇奖敬义，岂可犹使宰民训俗。诏曰：天地定位，君臣之义以彰，卑高既陈，人伦之道须著，是用笃厚风俗，化成天下，虽复时经治乱，主或昏明，疾风劲草，芬芳无绝，剖心焚体，赴蹈如归。夫岂不爱七尺之躯，重百年之命，谅由君臣义重，名教所先，故能明大节于当时，立清风于身后。至于赵高之殒二世，董卓之鸩弘农，人神共疾，异代同愤，况凡庸小竖，有怀凶悖，遐观典策，莫不诛夷。辰州刺史长蛇县男裴虔通昔在隋代，委质晋藩，炀帝以旧邸之情，特相爱幸，遂乃志蔑君亲，潜图弑逆，密伺间隙，招结群丑，长戟流矢，一朝窃发，天下之恶，孰云可忍。宜其夷宗焚首，以彰大戮，但年代异时，累逢赦令，可特免极刑，除名削爵，迁配驩州。”（《旧唐书·卷二·太宗本纪上》）

我曾说过梁山泊的伦理观念，本来注重“义”字，不注重“忠”字。什么叫做“义”？他们的解释是很简单的，人家怎样待我，我也怎样报他，便是他们对于“义”字的解释，即如豫让所说：“智伯国士遇我，我故国士报之。”（《史记·卷八十六·刺客列传》）所以“义”字是双方的，有偿的，只因其为双方的，有偿的，所以“义”字往往放在物质的基础之上，韩信不背高祖，实因“汉王遇我甚厚，载我以其车，衣我以其衣，食我以其食……吾岂可以向利倍义乎”（《史记·卷九十二·淮阴侯列传》）。但是待遇的厚薄乃是一种比较的观念，某人待我甚厚，我不能向利倍义，万一尚有一人待我更厚，则我将如何报答？其结果，恐怕待我甚厚的前人势将成为豫让口中的范中行氏，而待我更厚的后人才是豫让心中的智伯。梁山泊许多好汉所以愿为宋江效劳，实因宋江喜欢结识朋友，“但有人来投奔他的，若高若低，无有不纳，便留在庄上馆谷，终日追陪，并无厌倦，若要起身，尽力资助，端的是挥金似土，人问他求钱物，亦不推托”（《水浒传》第十七回）。且看宋江之结交武松吧！最初则留武松一处安歇，其次又取银两，来与武松做衣裳，又次则每日带挈武松，饮酒相陪，最后又亲送武松回乡，步行十余里（《水浒传》第二十回）。这种的待遇固然可以收买武松的心，但是若有一个待遇武松更厚，则武松比较待遇的厚薄之后，当然对于宋江，不至以死相报。

反之，“忠”字则与“义”字不同，而为片面的，无偿的。何以“忠”是片面的，无偿的？因为“忠”是名分上的义务，名分不能变更，不管君待你怎样，你既然做过他的臣，你就须尽忠报答，这种义务观念在秦汉以前，是没有的。孟子说：“君之视臣如土芥，则臣视君如寇仇。”伊尹本来事桀，后又助汤灭桀，就是一个例子。所以当时君臣的伦理观念尚是有偿的“义”字，不是无偿的“忠”字。到了秦汉以后，才提高君权，“以君臣之义无所逃于天地之间，至桀纣之暴，犹谓汤武不当诛之，而妄传伯夷叔齐之事”（顾炎武著《明夷待访录·原名》）。这样一来，纵令为人君的，行同桀纣，而为人臣的亦须杀其身以事其君。何以秦汉以后，这样提高君权？“天下者天子之天下”，唯有德者居之，但是由谁判断有德与无德呢？“天视自我民视，天听自我民听”，当然由人民判断。然而当时没有议会以代表民意，公说公有德，婆说婆有德，其结果只有诉于武力。即如丹第（Dante）所说“用战争以判定功罪，乃是上帝判定功罪的最后方法，所以由战争得到胜利的，可视为受了上帝的承认”。汤武战胜桀纣，就是“天命在兹”的证据，然而这样一来，百姓遭殃了。后儒就是恐怕篡夺相继，引起战争，延而害及社会的安宁，所以不惜提高君权，把古代的“君臣之义”，改作“臣事君以忠”。其实“忠”的观念实有一点莫名其妙，为人臣的果然必忠其君，则曹魏篡汉，当然不忠，对于不忠的人，照情理说，应该不必报之以忠。然而司马夺取魏的天下、刘裕夺取晋的天下、萧道成夺取宋的天下，都是以“篡”报“篡”，何以又受后人的讥讽？说到这里，我记起王敬则与宋顺帝的对话了。萧道成使王敬则勒兵入宫，迫宋顺帝禅位，“宋主收泪谓曰：‘欲见杀乎？’敬则曰：‘迁居别宫耳，官先取司马家，亦如此。宋主泣而弹指曰：愿后身世世勿复生帝王家。’”即由敬则看来，刘裕可以废晋恭帝，以为零陵王，寻又弑之，则萧道成何以不能废宋顺帝，以为汝阴王，寻又弑之？若谓萧道成不忠，则萧道成不过以“篡”报“篡”，为司马家报仇耳。总之，后儒所解释的忠，令人实难理解，虽然不易理解，然而君臣之分因此以定，一面可以减少争夺的事，同时又可制止人们反戈的心。

梁山泊许多好汉都是宋的军官，他们身为宋臣，而竟落草为寇，这固然因为他们义气太重，然若质之于忠，实有不妥。在他们之中，堪称为忠的，只有燕青一人。燕青同李固都曾受过卢俊义的恩惠，然而卢俊义待遇李固，却较其待遇燕青为优。他救了李固的生命，五年之内，直抬举他做了都管，一应里外家私都在李固身上（《水浒传》第六十回）。这种待遇可称为国士之礼。至于燕青呢？他只是一个仆人，然而李固竟和主母通奸，而又设法陷害主人；反之，燕青最初则苦谏卢俊义不要出门，其次又力劝卢俊义不要回家（然而因此，卢俊义却一脚踢倒燕青），又次则入牢里，把叫花得来的半罐子饭，给予主人充饥，最后又放冷箭，救了卢俊义的生命（《水浒传》第六十回及第六十一回）。这种报答，称之为忠，谁说不宜。宋江学刘邦笼络韩信的方法，笼络了许多好汉，到了羽毛较丰的时候，当然也怕别人学自己的方法，再把好汉笼络了去。怎样能够制止好汉不为别人所笼络，唯一的方法只有提倡“忠”的道德。由于这个关系，燕青的地位遂列在三十六天罡星之内。

国家新闻出版广电总局

首届向全国推荐中华优秀传统文化普及图书

大家小书书目

国学救亡讲演录	章太炎 著　蒙　木 编
门外文谈	鲁　迅 著
经典常谈	朱自清 著
语言与文化	罗常培 著
习坎庸言校正	罗　庸 著　杜志勇 校注
鸭池十讲（增订本）	罗　庸 著　杜志勇 编订
古代汉语常识	王　力 著
国学概论新编	谭正璧 编著
文言尺牍入门	谭正璧 著
日用交谊尺牍	谭正璧 著
敦煌学概论	姜亮夫 著
训诂简论	陆宗达 著
金石丛话	施蛰存 著
常识	周有光 著　叶　芳 编
文言津逮	张中行 著
经学常谈	屈守元 著
国学讲演录	程应镠 著
英语学习	李赋宁 著
中国字典史略	刘叶秋 著
语文修养	刘叶秋 著
笔祸史谈丛	黄　裳 著
古典目录学浅说	来新夏 著
闲谈写对联	白化文 著
汉字知识	郭锡良 著
怎样使用标点符号（增订本）	苏培成 著
汉字构型学讲座	王　宁 著

诗境浅说	俞陛云　著
唐五代词境浅说	俞陛云　著
北宋词境浅说	俞陛云　著
南宋词境浅说	俞陛云　著
人间词话新注	王国维　著　滕咸惠　校注
苏辛词说	顾　随　著　陈　均　校
诗论	朱光潜　著
唐五代两宋词史稿	郑振铎　著
唐诗杂论	闻一多　著
诗词格律概要	王　力　著
唐宋词欣赏	夏承焘　著
槐屋古诗说	俞平伯　著
词学十讲	龙榆生　著
词曲概论	龙榆生　著
唐宋词格律	龙榆生　著
楚辞讲录	姜亮夫　著
读词偶记	詹安泰　著
中国古典诗歌讲稿	浦江清　著 浦汉明　彭书麟　整理
唐人绝句启蒙	李霁野　著
唐宋词启蒙	李霁野　著
唐诗研究	胡云翼　著
风诗心赏	萧涤非　著　萧光乾　萧海川　编
人民诗人杜甫	萧涤非　著　萧光乾　萧海川　编
唐宋词概说	吴世昌　著
宋词赏析	沈祖棻　著
唐人七绝诗浅释	沈祖棻　著
道教徒的诗人李白及其痛苦	李长之　著
英美现代诗谈	王佐良　著　董伯韬　编
闲坐说诗经	金性尧　著
陶渊明批评	萧望卿　著

古典诗文述略	吴小如　著
诗的魅力 ——郑敏谈外国诗歌	郑　敏　著
新诗与传统	郑　敏　著
一诗一世界	邵燕祥　著
舒芜说诗	舒　芜　著
名篇词例选说	叶嘉莹　著
汉魏六朝诗简说	王运熙　著　董伯韬　编
唐诗纵横谈	周勋初　著
楚辞讲座	汤炳正　著 汤序波　汤文瑞　整理
好诗不厌百回读	袁行霈　著
山水有清音 ——古代山水田园诗鉴要	葛晓音　著
红楼梦考证	胡　适　著
《水浒传》考证	胡　适　著
《水浒传》与中国社会	萨孟武　著
《西游记》与中国古代政治	萨孟武　著
《红楼梦》与中国旧家庭	萨孟武　著
《金瓶梅》人物	孟　超　著　张光宇　绘
水泊梁山英雄谱	孟　超　著　张光宇　绘
水浒五论	聂绀弩　著
《三国演义》试论	董每戡　著
《红楼梦》的艺术生命	吴组缃　著　刘勇强　编
《红楼梦》探源	吴世昌　著
《西游记》漫话	林　庚　著
史诗《红楼梦》	何其芳　著 王叔晖　图　蒙　木　编
细说红楼	周绍良　著
红楼小讲	周汝昌　著　周伦玲　整理

曹雪芹的故事	周汝昌 著 周伦玲 整理
古典小说漫稿	吴小如 著
三生石上旧精魂 ——中国古代小说与宗教	白化文 著
《金瓶梅》十二讲	宁宗一 著
中国古典小说名作十五讲	宁宗一 著
古体小说论要	程毅中 著
近体小说论要	程毅中 著
《聊斋志异》面面观	马振方 著
《儒林外史》简说	何满子 著
我的杂学	周作人 著 张丽华 编
写作常谈	叶圣陶 著
中国骈文概论	瞿兑之 著
谈修养	朱光潜 著
给青年的十二封信	朱光潜 著
论雅俗共赏	朱自清 著
文学概论讲义	老 舍 著
中国文学史导论	罗 庸 著 杜志勇 辑校
给少男少女	李霁野 著
古典文学略述	王季思 著 王兆凯 编
古典戏曲略说	王季思 著 王兆凯 编
鲁迅批判	李长之 著
唐代进士行卷与文学	程千帆 著
说八股	启 功 张中行 金克木 著
译余偶拾	杨宪益 著
文学漫识	杨宪益 著
三国谈心录	金性尧 著
夜阑话韩柳	金性尧 著
漫谈西方文学	李赋宁 著
历代笔记概述	刘叶秋 著

周作人概观	舒　芜　著
古代文学入门	王运熙　著　董伯韬　编
有琴一张	资中筠　著
中国文化与世界文化	乐黛云　著
新文学小讲	严家炎　著
回归，还是出发	高尔泰　著
文学的阅读	洪子诚　著
中国文学1949—1989	洪子诚　著
鲁迅作品细读	钱理群　著
中国戏曲	么书仪　著
元曲十题	么书仪　著
唐宋八大家 ——古代散文的典范	葛晓音　选译
辛亥革命亲历记	吴玉章　著
中国历史讲话	熊十力　著
中国史学入门	顾颉刚　著　何启君　整理
秦汉的方士与儒生	顾颉刚　著
三国史话	吕思勉　著
史学要论	李大钊　著
中国近代史	蒋廷黻　著
民族与古代中国史	傅斯年　著
五谷史话	万国鼎　著　徐定懿　编
民族文话	郑振铎　著
史料与史学	翦伯赞　著
秦汉史九讲	翦伯赞　著
唐代社会概略	黄现璠　著
清史简述	郑天挺　著
两汉社会生活概述	谢国桢　著
中国文化与中国的兵	雷海宗　著
元史讲座	韩儒林　著

魏晋南北朝史稿	贺昌群　著
汉唐精神	贺昌群　著
海上丝路与文化交流	常任侠　著
中国史纲	张荫麟　著
两宋史纲	张荫麟　著
北宋政治改革家王安石	邓广铭　著
从紫禁城到故宫——营建、艺术、史事	单士元　著
春秋史	童书业　著
明史简述	吴　晗　著
朱元璋传	吴　晗　著
明朝开国史	吴　晗　著
旧史新谈	吴　晗　著　习　之　编
史学遗产六讲	白寿彝　著
先秦思想讲话	杨向奎　著
司马迁之人格与风格	李长之　著
历史人物	郭沫若　著
屈原研究（增订本）	郭沫若　著
考古寻根记	苏秉琦　著
舆地勾稽六十年	谭其骧　著
魏晋南北朝隋唐史	唐长孺　著
秦汉史略	何兹全　著
魏晋南北朝史略	何兹全　著
司马迁	季镇淮　著
唐王朝的崛起与兴盛	汪　篯　著
南北朝史话	程应镠　著
二千年间	胡　绳　著
论三国人物	方诗铭　著
辽代史话	陈　述　著
考古发现与中西文化交流	宿　白　著
清史三百年	戴　逸　著

清史寻踪	戴　逸　著
走出中国近代史	章开沅　著
中国古代政治文明讲略	张传玺　著
艺术、神话与祭祀	张光直　著 刘　静　乌鲁木加甫　译
中国古代衣食住行	许嘉璐　著
辽夏金元小史	邱树森　著
中国古代史学十讲	瞿林东　著
历代官制概述	瞿宣颖　著
宾虹论画	黄宾虹　著
中国绘画史	陈师曾　著
和青年朋友谈书法	沈尹默　著
中国画法研究	吕凤子　著
桥梁史话	茅以升　著
中国戏剧史讲座	周贻白　著
中国戏剧简史	董每戡　著
西洋戏剧简史	董每戡　著
俞平伯说昆曲	俞平伯　著　陈　均　编
新建筑与流派	童　寯　著
论园	童　寯　著
拙匠随笔	梁思成　著　林　洙　编
中国建筑艺术	梁思成　著　林　洙　编
沈从文讲文物	沈从文　著　王　风　编
中国画的艺术	徐悲鸿　著　马小起　编
中国绘画史纲	傅抱石　著
龙坡谈艺	台静农　著
中国舞蹈史话	常任侠　著
中国美术史谈	常任侠　著
说书与戏曲	金受申　著
世界美术名作二十讲	傅　雷　著

中国画论体系及其批评	李长之　著
金石书画漫谈	启　功　著　赵仁珪　编
吞山怀谷 ——中国山水园林艺术	汪菊渊　著
故宫探微	朱家溍　著
中国古代音乐与舞蹈	阴法鲁　著　刘玉才　编
梓翁说园	陈从周　著
旧戏新谈	黄　裳　著
民间年画十讲	王树村　著　姜彦文　编
民间美术与民俗	王树村　著　姜彦文　编
长城史话	罗哲文　著
天工人巧 ——中国古园林六讲	罗哲文　著
现代建筑奠基人	罗小未　著
世界桥梁趣谈	唐寰澄　著
如何欣赏一座桥	唐寰澄　著
桥梁的故事	唐寰澄　著
园林的意境	周维权　著
万方安和 ——皇家园林的故事	周维权　著
乡土漫谈	陈志华　著
现代建筑的故事	吴焕加　著
中国古代建筑概说	傅熹年　著
简易哲学纲要	蔡元培　著
大学教育	蔡元培　著 北大元培学院　编
老子、孔子、墨子及其学派	梁启超　著
春秋战国思想史话	嵇文甫　著
晚明思想史论	嵇文甫　著
新人生论	冯友兰　著

中国哲学与未来世界哲学	冯友兰　著
谈美	朱光潜　著
谈美书简	朱光潜　著
中国古代心理学思想	潘　菽　著
新人生观	罗家伦　著
佛教基本知识	周叔迦　著
儒学述要	罗　庸　著　杜志勇　辑校
老子其人其书及其学派	詹剑峰　著
周易简要	李镜池　著　李铭建　编
希腊漫话	罗念生　著
佛教常识答问	赵朴初　著
维也纳学派哲学	洪　谦　著
大一统与儒家思想	杨向奎　著
孔子的故事	李长之　著
西洋哲学史	李长之　著
哲学讲话	艾思奇　著
中国文化六讲	何兹全　著
墨子与墨家	任继愈　著
中华慧命续千年	萧萐父　著
儒学十讲	汤一介　著
汉化佛教与佛寺	白化文　著
传统文化六讲	金开诚　著　金舒年　徐令缘　编
美是自由的象征	高尔泰　著
艺术的觉醒	高尔泰　著
中华文化片论	冯天瑜　著
儒者的智慧	郭齐勇　著
中国政治思想史	吕思勉　著
市政制度	张慰慈　著
政治学大纲	张慰慈　著
民俗与迷信	江绍原　著　陈泳超　整理

政治的学问	钱端升　著	钱元强　编
从古典经济学派到马克思	陈岱孙　著	
乡土中国	费孝通　著	
社会调查自白	费孝通　著	
怎样做好律师	张思之　著	孙国栋　编
中西之交	陈乐民　著	
律师与法治	江　平　著	孙国栋　编
中华法文化史镜鉴	张晋藩　著	
新闻艺术（增订本）	徐铸成　著	
经济学常识	吴敬琏　著	马国川　编
中国化学史稿	张子高　编著	
中国机械工程发明史	刘仙洲　著	
天道与人文	竺可桢　著	施爱东　编
中国医学史略	范行准　著	
优选法与统筹法平话	华罗庚　著	
数学知识竞赛五讲	华罗庚　著	
中国历史上的科学发明（插图本）	钱伟长　著	

出版说明

“大家小书”多是一代大家的经典著作，在还属于手抄的著述年代里，每个字都是经过作者精琢细磨之后所拣选的。为尊重作者写作习惯和遣词风格、尊重语言文字自身发展流变的规律，为读者提供一个可靠的版本，“大家小书”对于已经经典化的作品不进行现代汉语的规范化处理。

提请读者特别注意。

北京出版社